短歌研究詠草

上田三四二

選後感想集

短歌研究社

目次

短歌研究詠草　上田三四二　選後感想集

――「短歌研究」

短歌研究詠草

上田三四二

選後感想集

＊本書は、上田三四二氏が「短歌研究詠草」選者としてご執筆された選後感想（「短歌研究」昭和五十二年七月号から、昭和六十三年九月号まで全35回）を再録しました。
＊昭和五十二年は選後感想は特選にのみ書かれました。
＊昭和五十九年九月号は他の選者に代っていただきました。（延べ四一九作品への選後感想集となります）

昭和52年7月号

王谷宮子　岡山

あらあらと雨降りつぎてそらまめの花のさかりを茎のゆれあふ
犬にのみもの言ひたりし一日も夕べとなれば旅の夫こふ
ひたひたと犬が歩めり夜の更けをおぼつかなしや吾がひとり居の
ひとり居の朝すがすがしこでまりの花群白くゆれて夏立つ
嫁ぎ来て三十年を経し吾れのひとりとなるは始めてなりき

特選の王谷さんはその実生活において仕合せな人なのであろう。仕合せは不幸の場合とちがって歌になりにくいのであるが、それがたまたま、夫の不在による独居の幾日かに遭って、感情が流れ出た。無理のない言いくだしで、すこし順直に行きすぎていると思われるほどである。「あらあらと」「ひたひたと」、こういう言葉の用い方にもそのやや安易なところが出ている。しかし柔和で細やかな気持がどの一首にも行き亙って、把握はけっして平凡ではない。自分で見たもの、自分で感じたことがありのままに歌われながら、それが形としてよく納まっているのに惹かれるのである。

準特選の中には、新鮮さにおいて、また技法のうまさにおいて、特選にまさるものもあるようだが、この五首には、こころと言葉のおのずからなるもののよろしさが、出ていると思う。

8月号

高野勇五郎　栃木

霧まよふ和泉の野べは夕べより細々と降る春雨となる
灯の下に注射をすると看護婦が瞳を凝らし針を向けたり
注射受けてとぼとぼ帰る春雨がやせし背中に沁み入るごとく
古里の思ひを持ちて古里の見知らぬ宿に今宵泊りぬ
墓石なき土まんじゆうに若芽萌ゆ父のみ墓は眼に沁みるもの

選の方針について、たとえばAは五首ともが秀でBは三首が優だがあとの二首は可かそれ以下だといった場合どうするか。この「短歌研究詠草」は、応募規定は五首以内となっていても実際は五首掲載の形が採られているので、後者の場合は残念ではあるけれども特選、準特選には入れにくい。五首が連作である必要はないが、ひどく不出来なものが交っていると、体操の着地の失敗や転倒のように減点の対象になる。五首出してもらって、三首を限度にえらぶということになるとまた、違ってくるかと思うがそうはなっていない。五首ぎりぎりのところで、粒を揃える努力をしていただきたいと思う。

特選、高野氏の歌は鋭さはないが、味がある。それは調子が堂に入っているからで、稚拙のように見えて、なかなかそうではない。とぼけたわびしい感じのなかに暖か味がにじんでいる。平凡ではないのである。歌はゆっくりしたのがいいが、あまりトロトロとなるのは考えものである。

9月号

川本玲子　福岡

風邪熱にたゆく目ざめし今の夢生ま生まとして色彩《いろ》目に顕ちぬ
久久の君と茶房に語りつつ言葉は匂ふごとく広がる
通ひ合ふ心に君とゆく街のウインドーさはやかに吾等を映す
沈黙の星空の道歩みをりあばかるることなき思慕一つ秘め
逢ひたさをたへつつぞゐる夜の園に燃えざる色よ月見草咲く

特選の川本さんはたぶん若い作者と思われ、歌にはまだ未熟なところもあるが、清新で詩情がある。心がそのまま歌になった感じで、「言葉は匂ふごとく広がる」の比喩も生きており、飾窓に映る自分たちの姿も捉え得ている。表面的に流れることを警戒し、写実的にその詩情を沈める方向に努力していただきたい。準特選の、飽浦、和島、植木氏らの作もよいところがあると思った。選をしていて、今回は見たことのある歌に二、三出会うような気がしたが、これは同じ時期に選をした現代歌人協会主催の全国短歌大会の詠草に重なっているらしいと気がついた。重複は避けたいものである。

昭和53年7月号

幾世代受けつがれ来し我家の田転作されて麦蒔かれたり　田中孝子　長野
広々と続ける田地の最中にて転作のトマトハウス幾重に並ぶ
稲作られねば自然と野菜の多からむ思ひつつ一人モロコシを蒔く
二十アール転作すれば吾が苗間去年使ひしビニール余る
買はずとも米有るものを夫や子が好めばパンを時折に買ふ

寄せられた作品をテーマ別に見てゆくと、農村では休耕田や転作のことがある。都市では家を建てることを始めとするいろいろな住宅事情がある。それから、地域には関係なく、退職や老後の問題がある。長寿のかなしみを歌ったのもあった。肉親の死、戦死者を含む死者の思い出も普遍性をもつテーマで、交通禍の歌も目についた。皆、真剣に歌われていて、そこに作者の人生が出ている。叙景歌でも、生活詠でも、テーマは何でもよいので、作者がいまいちばん歌いたいことを取り上げるのが大切だということを確認しておきたい。

田中孝子氏の五首は農村の転作を歌っている。働く主婦の歌である。米作もしているが、一部をほかの作物にかえたので、それはその地方一般の傾向であるように思われる。歌柄は明確で具体的である。そしてしゃきしゃきとうたっている。無理に上手に作ろうとしていないのがよい。かなり達者な作者で歌の型も心得ており、一首目はその型をなぞったようなところがあるが、二首目以下は生き生きと現実を押えている。二首目は目がいい。四首目はこれこそ働く者の歌であろう。実体を摑んでおり、したがって実感がある。五首目も農村生活の断面をさりげなく巧みに捉えている。全体として、昔とはちがってきた農のかたちというものがよく出ている。外来語の多いのがすこし気になるがそれも生活が変ったからで、作者は気にしなくてよい。率直に、このまま進めばよい。

田中葉子 愛知

丘陵地に住みたき希ひもちゐつついま平坦の地にわが家成りゆく
移り住まむ郊外の市に寺多しと地図広げゐし夫が呟く
わが残生此処に終ると思ひつつ木の香漂ふ家に馴れ初む
鉄筋の家に住み来て忘れゐし軒伝ふ夜の雨を聞きをり
瓦礫多きこの新土を危ぶみて運び来し庭木の菰を解きゆく

郊外の新しい家に移った人の歌である。事柄はむろんよろこびだが、現実はそう単純ではなく、そこへ移るまでの、また移ってからの、生活の哀歓といったものがよく出ている。「寺多し」の発見、「軒伝ふ夜の雨」の情感。最後の一首も生きている。

正岡玉子 愛媛

仕立物しまひて下りし夕べの庭どの家よりか煮こぼれ匂ふ
時折は煩はしさの気になれどシャガの花分け持ちて来ませり
垣越えて門辺に落葉散りゆくを厭ひたる人思ふ日のあり
境界にこだはり持ちし過去もおぼろとなりて日日を交はる

垣へだて互に頼り疎みつつかにかく平穏保ち来にけり

近所づきあいというものは微妙なものになりがちだが、これはそういう関係をとおして、自己と他者とのあいだに膜のように存在する或るうっとうしいものを歌っている。むつかしいテーマをよくこなしているのは、感情を載せる「物」の把握が確かだからだ。

高尾孝幸 徳島

吾が生の重さのほどに吊されし長き補装具動くともなし
朝冷えの庭掃きゐるは妻ならむ竹の箒の音の澄みたる
快き目覚めを長く失ひて闘ふごとくこの身を起たす
名もなきは安けきもののごとくあり自然の花の咲ける日溜り
生くる日の余白のごとく思ふ日を滲むがごとく兆すかなしみ

身体上のハンディを負っている人の歌である。素朴な写実の上に出て、それが浮いていないのは、不如意な生活というその内容もあることながら、技法的にもよほどしっかりしたものを持っているからであろう。「ごとく」が三つあるのは、やはり気になる。

近藤千鶴子 福岡

辞書引きて母の日のカードを読みつぎぬマジソンに子は健やかにして
呉服売場に紺の絣の柄を選る吾子帰る日の何時とは知らず
柔らかき蚕豆の莢を剝きてゆく吾子身ごもりし季よはるかに
マジソンの並木の林檎芽吹き居む子の住む町の春おそくして
故郷を訪ふ暇なき過ぎゆきに電話の兄の父に似て来ぬ

子を海外にやっている母親の、子を思う気持がしみじみと歌われている。幸せだが寂しいのである。むしろ、寂しいが幸せなのである。丁寧な、破綻のない詠み口で、しかも摑むべきところは摑んでいる。「電話の兄」といって、声を省いているのもうまい。

川淵幸雄　福岡

夥しく杉の花散る岩の面に日は零れつつ湿りをたもつ
螢の子生れなむ地域せばめられみ堂に近き谿のせせらぎ
アカシアの黄花のさかり孫らと行く木下の歩み惜しまざらめや
嶺近き高処に立ちし孫のおらびさやりなく山のなだりを走る
孫らときて木原を歩む葉がくりに間をおきて鳴くうぐひすのこゑ

年輩の作者であるが、歌には情感があり、どこか若々しいところがある。ロマンチックなところがある。そして、孫と作者と風景とが、さながら一体化している。読者に救いの手をさしのべるような世界が、ここにはあると言えよう。

猪股よしお　宮城

休耕のよぎなき田にも水張りて代掻きなせりこころがかりに
植ゑ終へし田に囲まれる休耕田白じら広し日の昏るるとき
転作を奨められるも術なかりめぐりことごとく稲田となりて
麦作れ豆を作れと言ふ官僚この水漬田に来しこともなく
つきつめて農の行方を想ひ居り水田にしきり蛙鳴く夜

休耕を強いられた農民の嘆きをうたっている。回りがみな稲田であるなかで、作者の田だけが水を張ったまま空虚に光っている。用がないのに代掻きをしたというところに農の心があり訴えがある。ただ起承転結があまりにはっきりしているのは考えものである。

豊田光子　福岡

離り住む夫をおもふあけくれは昨日のことさへ遠く隔たる
築堤の工事を急ぎ出でしあと飯場ひつそりと花札散れる
共かせぎといふ語にわれはこだはりつつ三人歩かせひとりを背負ふ
やりばなきおもひゆゑにびゆうびゆうとポリッシャ掛けをり我は掃除婦
原木に種駒打つ音聞ゆなりかたちとどめぬ朽葉の中より

切実にして実感のある歌である。感情のありのまま、生活のありのまま矚目のありのままを歌ってそれらがみなよく読者に伝わってくる。たどたどしい感じもあるが、「三人歩かせひとりを背負ふ」などでもうまいのである。最後の一首は私の理解がとどかない。

古橋正治　栃木

継ぐ子なき店のあと先思ひつつねむれば老後のさま夢に顕つ
息子が厭ふも肯ふ外なし或る時は我もうとみし商ひなれば
葉隠れに遅れ咲きたる木蓮が降るとしもなき雨に濡れゐる
山路来て二度も転びて老境に入りしかとひとりひそかに笑ふ
ぜんまいを採りつつ妻を呼びたれば意外に若き声返りきぬ

気持の通った歌である。そして作者のおだやかな人柄の出た歌である。作者はようやく老境に入って、人生の山を越えたという思いとともに、また店の行方に心を労している。誠実に、店を守り育ててきた背景が歌を生かしており、最後の歌には救いがある。

森元輝彦　山口

耕耘機の音響く昼はものうくて堪へがたければただ飯を食ふ
足ひきて昏れし駅前の噴水の音をさびしみ地下道下る
突堤の沖のはだらの青き海苔昨年よりいくらか盛り上るみゆ
雨に流れし松の花粉の筋なすを踏みてデモ隊の人らはゆけり
工場の青き灯点る夕べにて妻は漢方薬を煎じてをりぬ

静かな詠みぶりのなかに或る憂鬱とか倦怠とかいったものが感じられる。しかしそれは深刻なものではなく、作者の生活の陰影とでもいうべきものであり、そういう生活の陰影をとおして作者の見ている眼は意外に確かである。二首目、三首目にそれが出ている。

千葉幸司　秋田

雪白き鳥海山もはるかにて里の桜は咲きそめにけり
道のべに競へる如く咲く中にたんぽぽの花しみじみと見つ
見はるかす田面に水の張られきて田植機はゆく風そよぐ中
赤白の椿の花も咲き盛り虫のむらがる午後の静けさ
庭隅に小さく咲ける野スミレを静かに掘りて鉢にうつせり

優美で端正な細みの抒情が特徴である。見どころに独自なもののないのが惜しいが、平順に言葉を遣って、それがやさしい情感を伴っているのがよい。四首目の「虫」は虫の名をいうか、飛んでいることのわかる工夫が必要であろう。油虫がついたような感じになる。

沢田としゑ　熊本

縦貫道作るとブルは作動して地面の作業員らいと小さく見ゆ
事故なきをかかはりのなきわれも願ひ工事作業場をしばし見てをり
ブルドーザーのとまれるしばし作業員の呼び合ふこゑは透りてきこゆ
土盛りし縦貫道の両斜面すでに青々と草の芽が萌ゆ
丘に佇つわが足許をゆするがに道路造成のブルはひびきく

こういう景色はよく見るところである。作者はそれを身にひきつけて、同情をもって見ている。丘の上から眺めているので見るだけでなく耳で聞き、体で感じて、要するに熱心にそれを捉えようとしている。その態度が歌に出て、歌を気持のよいものにしている。

三船武子　岩手

葬りの後酒酌み交はす慣はしを疎みて独り燗の番せり
母を焼く煙の果てを仰ぎつつ身じろぎもせぬ夫に寄り添ふ
黄泉路にも丹精こめて咲かせよと棺に菊花を数多入れやる
軒下の花環の揺れの止まぬまま通夜の一夜は重く明けゆく
かかる時も人は生活を忘れぬを心冷えつつ厨に立てり

姑の死にあって、この作者は葬式のときの風習になじみがたいものを感じた。それは死の厳粛を穢すように思われるのである。頑なともいえるが、ありようは純粋なのである。死んだ人を愛していたこともある。近親の死を歌って、特色のある一連であろう。

昭和53年8月号

近藤千鶴子

動脈瘤破れて命奪はれし君がレ線フィルムを仕舞ふ

福岡

灯に並ぶ試験管に血清は分離せりひとりひとりの病秘めつつ
励まして禁煙三月《みつき》の商店主今朝窓口にいさぎよき声
鍵をかくる待合室の夕明り貝ボタンは床より光りを返す
待合室の灯りを消して思ひ出づ月仰ぐことなくて久しき

歌は生活に根ざして四時おりおりの哀歓を約束された形式に盛るのが本道であるから、その生活のリズムによって出来映えには微妙な変化がある。力のある作者でも調子の出ないこともあり、また初心で思いがけない跳躍を見せる場合もある。しかし総じて年期の入った人の作は安定性があり、採るときも安心して採れる。初心の人の作の魅力は新鮮さで、それが危うさを補っている。選歌のよろこびはそのどちらにもある。沢山の歌の手ごたえは今回もなかなか重い。

特選歌は働く女性の歌で、看護婦さんか、それにちかい職業であろう。生命ということを直接に受けとめて、それを職場での実際に即して歌っているのがよい。専門的でやや特殊な情景もあるが、詠嘆の根本が生きるということにあるので、誰にでも素直に理解できる。一首目は、もうそのフィルムを取り出すこともないのである。「動脈瘤」と病名を出したのもこの場合成功している。二首目はもっとよく、「血清は分離せり」と断定的に三句切にして、下句で主題を出している。「灯に並ぶ」は何でもないようでいて巧いところである。四首目はモチーフが弱いようであるが、生活感情があり、五首目は同じ待合室のあと始末を歌って、そこに自分の心というものを取り戻している。一体にものを見る眼と内に感じる心とのバランスがよく取れており、陰気になり易い職場をしっかり受けとめて、生きることへのしずかな祈りが出ている。

斎藤まき子　神奈川

うたた寝の夫に毛布をかける掌に翳り涼しく沙羅の葉ゆれる
振り返る杳い日夫を呼ぶ女の電話取りつぎ聞き耳たてし
時ふればおのづ別るる女といふ夫を穴あくほど見つめたり
背かれし思ひ貧しく仰ぎ見る月澄みわたる光りまぶしき
愛憎は透り澄ませて瓜苗に竿さす夫のかたへ菜をつむ

心の修羅を経て来た主婦の心境を歌う。五首の構成がたくみで、初めと終りに現在の生活の断面を歌って、夫婦の愛のかたちというものを具体的に出している。過ぎたことで宥してはいるが、中の三首にその過去の口惜しさがかえってきている。

花岡袈裟利　長野

いく度となく登りにしこの道をいまは義足に登りゆくなり
隻脚となりいくとせぶりに登り来て共有林の手入を一と日つとめぬ
共有林の下藪刈りにビーバーの音たのもしく山に谺す
山林の手入に汗ばみ憩へるにみどりの風の頬をなでゆく
藪を刈り下枝払へばすつきりとから松林のすがたととのふ

隻脚になったという境遇が痛いが、その打撃にもめげず、幾年ぶりに山に登って下草刈りをしているのである。くよくよせず、働くことによろこびを感じている。淡々として気持のよい一連である。

別井時子　和歌山

竜山は亡夫の部隊のありし町ここより征きて再び会はず
ひとよ寝し十六階の窓の下庶民の家に鶏がなく

三十年過ぎしソウルに旅寝して夢に会ひたる亡夫は若かり
夕はやくホテルにむかふときに見しソウルの藤の花も美し
百官の並ぶ幻消えしあと官位の順にいしぶみがたつ

朝鮮旅行は、三十年前の思いをあらたにするためのものであった。念願の旅の宿で夢に見た夫が壮丁のままであるのもあわれが深い。「庶民の家」はやや不用意な措辞の感じもするが、異国の旅人の実感であろう。

縣　裳代　大分

勤めもつ子は遠住みて広き家にとり残されしごとく座れり
もの強ふる若き男の来るもあり老の留守居は平安ならず
吾れのほか人は居らねど居るごとく靴幾足を玄関に置く
遠住みの吾子には言はず脚痛み眼を病むわれのけふの明け暮れ
黄昏を庭に入り来てくぐみ鳴くはぐれし鶏の声は愛しも

子を遠くに置く老いたる母の歌である。気丈なところのある作者だが、それでも一人住みの心細さはかくせない。そこを歌にしている。平明率直で、素朴な歌柄の親しみやすさが取り柄である。

関谷澄子　東京

白き蛾のやみよりいづることさへも災のごとおもふ夕ぐれ
をりをりにはげしき雨の音のして塩のこぼるるわかめを洗ふ
病みあへぐ母のおもかげ夢に見き竹が撓みて雫をおとす
綿のごと朝の空に飛ぶ羽虫われの心もたゆたふものを

待合室にうすばかげろふの絵を見をり診察までのこころ支へて

微妙で繊細である。そして心理の或る妖しく不安なゆらぎといったものがよく出ている。といっても単に主観的なものではなく、「塩のこぼるるわかめを洗ふ」でも、摑むところはしっかりと摑んでいる。実力充分の一連である。

佐野　緑　東京

停車場に重き荷持ちて送りくれし君と激しく未来を語る
発車ベル聞きつつ歪む顔そむけ君と指切りの痛かりしこと
白熱灯ポツンと点る無人駅に過去なる愛のひたすらを恋ふ
ふる里の北へ去り行く終電に乗せやらむ都会に細りし夢を
何に執し生き居む吾か陽よ明日も希ひの如く高く輝け

まだ若い作者であろう。技法的には未熟なところがあるが、一途で、初々しい詩がある。老いの歌は数が多くまたよいものも多いが、若い希望や夢を歌ったものはまことにすくない。これはそのすくない中の光る一つである。

正岡玉子　愛媛

企業倒産相つぐ時を十五年勤めし職退き子の帰り来る
不況下に自ら職場ひきし子の心はかれずと夫の嘆ける
夜の更けて尚折合はぬ夫と子の傍に吾のおろおろとして
心なき子のふるまひは母吾の甘きが故と夫に詰らる
新しき仕事にのぞむ子の決意並並ならねば庇ひてやらむ

母親の子をおもう歌で、夫との間にはさまって子をかばう、その辛い立場が鮮明に歌われている。事件的経過を追うかたちが一首一首をやや弱くしているところもあるが、母親の気持のよく出た一連である。

増谷瑛子　神奈川

身籠らぬ嫁ありてわが罪のごと水子地蔵に石積みてきし
子孫たゆるなどとは言はじ美しき嫁に授けの鈴買ひてこむ
アカシアの花のともしび窓近く揺るるも淋し子のなき二人
鎹の子はあらずとも携へてゆく道程にミューズよ笑ませ
個展近き嫁が阿修羅のさまなして絵具に塗る美しき手も

嫁姑のあいだはむつかしいものであるが、この作者は嫁をすっかり懐に包んでいる。それがまことに気持がよい。「わが罪のごと」というのも、ここでは実感のある言葉である。「阿修羅」などオーバーだが、むしろ微笑ましい。

宮下静世　長崎

立ちどまり足音待ちし日もありき燃えざる今を咲けるあぢさゐ
避けて通れぬことの一つと思ひつつ白髪生えそむる髪梳きてゐつ
帰り来てまた発ちて行く幾年か子らは回帰の風に吹かれて
日に一度離れ住む子の部屋に座す微塵動かぬ置物の鳩
子の下宿出でてサンダルのバンド留む逢へざるままの石道遠し

女性らしい気持の流露した作で、ここではそれが主として家に居つかぬ子に向けられている。「微塵動かぬ置物の鳩」は捉え得た句である。「サンダルのバンド留む」も具体的で働きのある句であろう。

ふる里のこの丘に立ち人思ふ心を捨てし若き日のあり　首藤ナラヱ　大分
謙遜も度を過ぎてはとそばにゐる娘がそれとなく我に言ひたり
すでに亡き君と知りつつその家の前通るとき振り返り見る
口重き娘が押売りを断わるに手間どる声を茶の間より聞く
庭木木の燃ゆる緑に夕映えの及ぶひと時厨明かるき

冴えや鋭さを感じさせないおっとりとした言い取り方のなかに、まっとうな、誰の心にも落着く感じ方というものが出ている。口の重い娘の手間どる声を茶の間より聞くのはよく、その娘にたしなめられているのも和ましい。

寂しさと安らぎとふたつ裡にもちて夫亡きひとりの炊ぎするなり　沢田としゑ　熊本
紙屑も落葉も寄せてしろじろと風が舗道を掃きし夕ぐれ
母逝きて三十年と三年経つくせ強き足音の記憶にありて
耳澄ますと言ふにあらねどこの幾日もの言はぬわれに隣家のこゑ
知る人の訃報をきけばまた一歩われにも近くなる死と思ふ

全体にさびしい歌である。死者の思い出がかえり、孤独の日常である。「寂しさと安らぎとふたつ裡にもちて」は複雑なものを秘めて、ひびくものがある。虚無的な希望のなさが一連を貫いている。

堀澤　英　岡山

窯出しをすませて大きく口あけし登り窯の吐く熱き土の息
誇りもつ備前の陶土の盛り上りまはる轆轤に壺のなりゆく
窯元の血筋伝へて備前焼の大き井戸枠庭に古りたる
ねずみもちの花はらラぎて新幹線風のごと過ぐ備前の町を
播州につづく山なみ青ぐらく梅雨近き空を重く支ふる

備前焼の窯元をたずねた歌である。このような題材の歌は報告的になりやすいが、客観的に歌いながら、強く、しっとりとして、危うげのない力を見せている。

昭和53年9月号

佃加寿子　高知

身を寄する一樹のありてあかあかとのうぜんかづらは咲き足るるなり
陽をさけて樟の片影あゆむときわが切れぎれの幸せおもふ
起伏せし心いつしか和らげば開きし窓にねむの花さく
車止めしばし憩へる湧き水のかたへにねむのほのめきて咲く
螢火のはかなさにあり後《のち》の世の透きて見えねば詮かたもなし

地方別に見てゆくと宮城の地震、福岡の渇水、鹿児島の火山灰の歌が目につき、それらはみな生活をおびやかすものとしてそこに立ちはだかっている。そして、そういう異変をふくみつつ間違いなく四季はめぐり、人は年を重ね、そこにさまざまな哀歓を織りなしてゆく。自分にとって、いま何がいちばん切実か。それは、なにも事件である必要はなく、生活の小さな断片や襞であってよいのだが、そこを端的に、手を打って発する音のように、歌いたい。

特選の五首は苦もなくまとめたといった感じの、やや無雑作ともみえる歌いぶりに多少の不安がのこるが、何にしてもよい感覚にめぐまれている。作者の内部に揺曳するものと、外部の樹や花やそういった季節のたたずまいとが、陰影にみちた照応をみせているのがよい。五首目はとりわけ幽玄のおもむきがあり、「後の世の透きて見えねば」の把握には容易ならぬものがある。実際に螢火を見ての作としたいが、そこは曖昧で、雰囲気にながれるのを警戒したい。「ほのめきて咲く」というのも実のある表現だ。一般に歌柄は澄明で、色彩感もある。陰影にとむといっても、歌われている世界はむしろ明確で明るいのである。表現にもうひと絞りきびしさが加われば、保留なしで採ることができるのだが、と欲が出る。

中村今代　山梨

しめりゐる柿の木蔭に今宵想ふ白鳥座星の遥かなる距離
銀河系干潟星雲にめぐりあふ星ものがたりの醒めし距離感
近ぢかと分解レンズに連なれる星の郭は奇しく赤し
夕凪の湖の光波のゆらぐごと三十億光年の星あかり寄す
星雲のひかりの渦の眼裏にのこりし色に紫陽花の咲く

むつかしい題材に取組んで単なる報告に終っていないのは、作者の中につよい駭きがあるからだ。それは生への駭きにつながる。初めと終りに身近かな柿の木や紫陽花をもって来て、そこに作者その人が出ているのは用意がよい。テレビ番組に触発されての作であろう。

木澤長太郎　秋田

祭り夜の灯り恋ひ来て酒交す友の肌より稲の匂ひす
職退きて久々に逢ふ友老いて祭りの酒に酔へば泣くなり

祭り笛古りしを吹けば入歯より洩るる息にてとぎれつつ鳴る
年金で生きるきびしさ語りつつ祭り酒飲む肌冷ゆるまで
吹き上ぐる穂田の風濃き匂ひして祭りの宮の月明り澄む

村の豊年祭のはなやぎのなかに、かえって老いのあわれを見付け出した作品である。よくツボを心得た作品で、人間関係も、表現の技巧も、型にはまった感じはなくもないが、たくみである。五首目を叙景にして村祭の気分を濃厚に出しているのもよい。

伊藤妙子　愛知

敗戦の丘に啼きゐし小綬鶏の裔とも木叢より声とほりくる
壮たりし人みな老いしかりそめの平和の巷に小綬鶏をきく
戦火に逐はれのがれゆきたる仮の宿もくれんの花闇に白かり
空襲のなほも激しきあけ暮れにはじめての淡き思慕も知りたり
炎天の葛の葉うらに身じろがぬ幼虫の腑黝く透きゐる

小綬鶏を聞いたことから戦中への回想に導かれていった。そこには辛い思い出とともに淡いロマンもあり、戦災後の一時期は作者の生涯における最も忘れがたい時期であったことがわかる。戦後への批判とある空しさの表白されているのも、戦中派的な発想といえる。

古川静夫　鹿児島

明日は摘まむと思ひ見に来し茶畠に霧雨のごと火山灰《よな》の降りくる
ふるさとの誇りとしたる桜島火山灰降らすとき吾らは呪ふ
西風《にし》吹けばまたも降りくる火山灰の雨緑の茶の葉薄黒く染む

火山灰着きて汚れたる葉に水を掛け洗ひ落して二番茶を摘む
雨降らず火山灰降りつづく夏の日を天を恨みつつ今日も茶を摘む

桜島の噴煙によせる農民のなげきをうたう。火山灰《よな》によっておこる茶畠の被害をすこしていねいすぎるくらい具体的に詠み、生活感情もつよく打ち出されている。「西風《にし》吹けばまたも降りくる」はよい把握であり、いつわらぬ嘆きである。

古橋正治　栃木

夏靴は夏のうちにこそ売らねばと値引の額を妻と諍ふ
残りゐる棚の夏靴値引売る夏いまだ漸く半ばといふに
原価割りても売らねばならず夏靴は来季の事は誰も図れず
売れ残る夏のサンダル数へつつデパートの今朝の広告思ふ
梅雨に入りて売上落ちしを嘆きつつ妻とウィンドーの飾付換ふ

不況の波にもまれる小売店主のあきないの歌である。季節の勝負で、商売の実際が季節感と一体となっているのが歌を活かしている。説明的にならぬよう注意してほしい。後の二首がよい。心配性の作者に対して妻の方は案外楽天的なように見受けられるのも面白い。

保田陽子　神奈川

夏山は招くがごとく競ひ顕ちはるかに富士の藍色泛ぶ
丘の上の中学校のチャペル鳴り浮子ながす人は余念なかりき
水芹の盛り上り咲く中洲にて白き胡蝶は花にまぎるる
颪にのり颪に流れて蝶のむれ白く群れとぶ中洲めぐりて

架橋一つ淀みに落す影ありて街川となる流れたゆたふ

夏の旅行の歌で川を中心にまとめている。とり立てて特色のある作ではないが、伸びやかな気分をもって旅の記念を絵にしている。眼がよく、シャッター・チャンスがよい。二首目の取り合わせは下句で生き、五首目は厚く歌ってすっきりとした仕上げである。

大島秀子　東京

昨夜の雨にアカシヤの花散り敷くをあつめて白き渦流れゆく
夏草のほしいままなる川原にひとすぢ細き流れが光る
多摩の川原見に行きたしと文くれし友は病みつつ夏となりゆく
どの窓も涼しき色に灯りゐて夜空に遠く花火あがる音
髪少し短く切りし悔にして少女の如く鏡を去らず

夏雑詠。四首目が夏の風物を詠んでよく納まっている。結句の字余りが納まりをよくしている。最後の一首も気持のよく出た女らしい歌で同感できる。全体に印象がすこし淡いようであるが、危うげなく歌われているのが取柄であろう。

長谷茂子　島根

教員志望の娘の理想論に圧されをり三十年勤続の吾が失ひしもの
夫の意に従はず娘は確かなる意志もて職を選ばむとする
教育実習を一日終へ来て娘の言へりみんな英語を好きにさせたい
ゆるやかに雲過ぎゆけり富士が嶺にあますなく春の光満ちゐて
夕つ陽に光る浜名湖過ぎてより子と別れ来しおもひ深まる

親と娘の世代のちがいをうつして、モチーフの明確な一連である。歌の味には欠けるところがあるが、表現力を持つ作者であろう。世代のちがいといっても断絶ではなく、母親は自分のとうに失ったものを、同じ職業を継ぐ娘の上に見て、肯定しているのである。

宮尾皎子　高知

怨念の捨てどころなし忘るなといふがに人はわが傷に触る
通勤の客定まればうけ応ふわれの不幸もみすかされゐむ
さりげなくわがくらし問ふ通勤の相客に知らるる不幸ならねど
わが不幸のぞかるるやと瞑れるにトンネルよりふいごの如き風打つ
わが町をはなるるゆゑに慰むと決めし通勤にいたく疲るる

表現にすこしあらさが目立つけれども、強く押してくる力がある。そしてその力の背後に、不幸を秘めた過去に打ち勝って生きようとする作者の意志がある。五首から、一つのドラマが浮びあがってくるような一連である。

栩本澄子　大阪

つままむと躊躇ふ指さき疑ひを知らぬ小虫が這ひのぼりくる
あなさびしおのが我執の断てずして聖のごときもの言ひをせり
杳《はる》かなる母が化粧《けはひ》し鏡台の紅刷毛恋し夏あざみ咲く
水仕事くり返す母の単調を訝しみたり若きこころに
竹落葉風に流れて篁に捉へがたなき刻移りゆく

人生の経験を経て来た女性の、反省と自己嫌悪のようなものを主としている。母をなつかしみつつ、その母と同じ主婦の長い生活を送ってきたいまを、立ち止まってながめているのである。思うことの充分な作者であるから、見ることとの努力をそこに加えたい。

早苗田に水みたさむと足袋ぬぎて米寿間近き父が畔ぬる
柿の葉につつみしすしを弟は押箱のまま届けくれたり
わが生れし屋敷の隅より拾ひきし青き槇の実息づきそめぬ
引込線の小さき貨車に海鳥の群れ並びをりみな海むきて
朝霧にぬるる青葉も野茨も海むけて吹く風にさやげる

里神久美子
岩手

農家の主婦であろう。高齢の父が田仕事をしているのは、手不足のためもあろうが、まだ元気でじっとしているのが嫌いなたちだからと思われる。暗い感じのないのがよい。平淡な作風だが、感じ方、観察の順直さのなかに確かなものがある。

梅雨晴れの俄かに暑し作業場は扇風機の風もなまぬるくして
老いの身の無理かと思ふ労働にいつしか慣れて八年は過ぐ
老いてなほ勤め持つ身は幸せと不況の今に思ひきそのこと
老いてなほ働きをりて毎日がわが生きがひと思ふたまゆら
扇風機回れど汗は流るなり老いて働く八度目の夏

小野崎之夫
栃木

老年の勤労者である作者の生活が実感をもって歌われている。作業の実体はわからないが、老人にはすこしきつい工場の仕事である。いきまずにむしろたどたどとした歌い方のなかに、諦めと一種の感謝をささえもって働く、素直な気持が出ている。

昭和54年7月号

高野勇五郎　栃木

見る我の眼の澄むまでに素直なる大人となりて汝は帰れる
うす青き五月の空の柿若葉匂へる下に帰り来にけり
医学士の卒業証書を先づ我に渡したる子の長き思ひよ
業終へし弥生の空の青ければあくまで青し我の心の
数年の残る命を惜しまむよ我の医を継ぐものはあれども

ここに心があり、そこに物がある。物は自然でも人間でも、乃至飲食でも事件でも、何でもよいが、その心と物を結ぶのに極小の磨かれた言葉をもってするのが短歌である。心が勝るときがあり、物が覆いかぶさってくることもある。ただ、それを結ぶ言葉は、いつのときも強く、しなやかに、光りつつ、ほどけることのないものでなければならない。

特選高野氏の五首は心のまさったもので、愛息の卒業のよろこびを真直ぐに歌って、しかも少しも浮ついていないのがよい。悲哀を歌うことはやさしいが、よろこびを歌って人を感動させることはなかなかむつかしい。この五首は、そのなかなかむつかしいことが何の奇もないまとも過ぎるほどの青眼をもって歌われ、晴々しさが透明に澄んでいる。そして、いとおしみと安堵の底に一抹のかなしみさえ湛えられているのは、作者の残年の思いゆえであろう。

二首目の「帰り来にけり」、四首目の「業終へし」、それぞれ主語があいまいで連作に頼った弱さも見えるが、全体に格調高く、気持の徹った一連である。

保田陽子　神奈川

瀬の音を寒く響かす冬川の中洲を占むる立ち枯れ芒
縹色も濃く橋くぐる街川の孤つ白鷺羽吹かれをり
街川となりてたゆたふ水の面に弧をひく橋の影のさゆらぐ
数珠玉の群生もすでになかりけり護岸工事の動音響く
流れ寄る芥の中の空き罐などひたひたと洗ふながれ優しも

明確に対象を捉える力があり、その捉え方に新鮮さがある。冬川のさびさびとした眺めながら、橋の白鷺が景を引緊め、この詩情には或る賑わしささえ感じられる。作者の視線が水の流れにぴったりと注がれて、傍見をしていないのもよい。

土井美也子　大阪

ガソリンスタンドの灯に照らされてうかびたる一樹のありて住み古りにつつ
夜更けて降り来し雨に耳濡らす錯覚に居りていつかねむりぬ
さまざまの緑ひしめき溢れゐぬ茎やはらかに苗は売られて
一斉に稚きみどりなびかせて風吹き入れり苗売れる店
たうもろこしの葉鳴らすやさしき風のため数本の苗求め来たれり

初心のもつ詩情といったものを感じさせて、すがすがしい。作者の心が対象を素手でそっと抱きとめているかのようである。「茎やはらかに苗は売られて」ほか、苗も心も柔軟で瑞々しく、「耳濡らす錯覚」というのも平凡でない。

伊藤ふたゑ

老いてはかく鈍くなりしか口早の電話をまたもメモし損なふ

声のみの電話といへど年々に長けゆく孫の気配伝はるを
不意に逝きし君を哀しぶ不意に逝くは孤りの吾の願ひなれども
諦めよと言ふは無理ならむ吾もまた逝きにし夫を常にぞ嘆く
父祖の地を手放し果てて寂しむに友は守り抜く苦しみを言ふ

福岡

老いの救いなさを歌って、芯にしっかりしたものがある。三首目、下句は作者の覚悟でありつつ、上句の人情が一首を生かしている。一般に理性的な作者は老いに抵抗を示して、それが理詰めに終っていないのが手柄である。

伐り倒す松なまなまと匂ふ山陽ざしはやさし万作の花
心ゆくまでに芝焼きする夕べ蕗の薹焦げる中にわが居つ
移りゆく季《とき》の悦び雨あとの畑に沁み入る春の光りは
白じろと舗装されたる農道に胡桃は春の花房散らす
おほどかに欅はゆれて夕靄に鬼灯色の月のたゆたふ

保坂一夫　山梨

山野に働く人の歌であるが、労働そのものよりは、自然との共感を主として歌っている。二首目は働く作者の労働の場における自然への共感を蕗の薹に見出した。この歌、もっとも密度が高い。言葉がゆるくならないよう、一句一句の推敲に心掛けたい。

諦めむと決めしはきのふ柿若葉照りあふ見れば心揺らげり
芽立ち赤きざくろ耀ひ少しづつわが悲しみの立ち直りゆく

宮下静世　長崎

病葉を燃やせば爆ずる音ありて自縛の思ひ放たむ今は
稜線の容変へつつ吹き降る風かと思ふ若葉匂ひて
木苺の朱実極まれば朽ちゆかむ回生の時よいま一度あれ

心理的な傾斜のつよい作風で、その断面の鮮かさと同時にそこに危うさも感じられるが、心理を支える対象の把握がしっかりしているので、安心できる。芽立の赤いざくろや、火に爆ぜる病葉などを大切にして歌っていく方向を、見失わないようにしたい。

職退くと心に決めてその日より馴れし通路をゆっくり歩む　向後重太郎　千葉
送別の会に招かれ面はゆく上座にて聞く友ら謡ふを
職退きて為すこと無しに此頃は春の日永を持て余しをり
辞めてより幾日履かざる短靴か耗りし踵をしみじみと見る
老われに再び職はあらずとも今年桜をまぶしく仰ぐ

老後の歌はほかにも多い。これは退職という一つの転機を歌って、寂しさのなかに安らぎを見出している。短靴の歌がよい。一般にゆったりとした歌い方で、それは長所だが、緩くなる傾向もあるので、その点を注意していただきたいと思う。

咲く花のいざなふ香き憶ひでに逢ふ術のなき妻の顕ち来る　菅沼高嶋　静岡
残る世に何を求むることあらむ桜花《はな》咲けば桜花《はな》に心放ちて
甦る思ひはあれや咲く花の樹下の吾れにながき夕映え

人去りて寂もる丘に匂ふごと今日を散りゆく桜の花は
杳き日を恋ふる思ひに時ながく花の過ぎたる丘に佇ちをり

桜の花を見る人の心はさまざまだが、ここで花は、亡き妻をしのぶよすがとなっている。花は艶にしてさびしいのである。感傷をとおしながら感傷におぼれていないのがよい。桜を歌うのはむつかしいが、もう一つかたちを破って見る努力がほしい。

木澤長太郎　秋田

借財をやうやく済ませ帰る路地白木蓮が闇より匂ふ
白木蓮匂ふ夕べを病む妻とふるさとにありし日を語り合ふ
病む妻の指図で夕餉整へる厨ゆるがし雪崩過ぎたり
妻病みてとまどひ多き身のめぐり肩ほころびしままのシャツ着る
老いの為すことみな逸れて棚吊ると打つ釘までが首より曲る

老いのわびしさを歌い、病む妻との生活の細部を歌って危うげがない。そういう自分を微苦笑をもって客観視する余裕もある。主観的な押しつけを出来るだけ避けて、生活を提示している。低徊的になりすぎぬ用心もある程度必要であろう。

蜂谷　弘　山形

春の田に堆肥運搬なし終へて早き夕べを風呂にくつろぐ
堆肥運び終へし翌日雨となりおちつきて疲れし体休めぬ
人の無き雨の棚田に雉子一羽籾殻散らし餌を漁りをり
ぬかるみに足掬はれつつ夕べまで代田を均しいたく疲れぬ

朝光は背《せな》に及びて葡萄園を消毒なす噴霧に虹のかかりぬ

農業の歌で、労働日記といったおもむきがある。労働のはげしさを訴えているが、働いたあとの憩いも歌われており、噴霧する消毒液の生む虹に詩を見つけた歌もある。虹の歌は一、二句が効いている。ゆったりとした作風である。

陶山恵嗣子 佐賀

うす雲は地に遥かなり春楓あかあかとして若葉に混る
生きもののごとき呼吸に細りては円みゆく月明け暮れの窓に
咲き終へし藤のみどりのさざ波よ移りゆく季のひかりに満ちて
執着を離れて香る野いばらの花群しろき帰路をあゆみぬ
広がりし麦生を過ぎて川なかの葦にまつはる藻屑を見たり

春の楓や野いばらや藤や麦生を歌って、どこか夢幻的な感じがある。その感じが作者の内面をうつして統一されているので、単なる気分に流れたものとは区別される。むつかしい境地だが、五首目の傾向がよく、四首目の上句は警戒を要する。

近藤千鶴子 福岡

百度石をめぐる裸足のひたひたと尚耳にあり空しき夜半を
成就することなき願ひと知る故に見て居ぬ燈明の蠟の垂るるを
店先に並ぶ魚の眼に逢ひぬ泣かずに風の中歩み来て
拭ふ程の涙はこらへて来しものを今宵のテレビドラマよく泣く
夜の更けを潮騒の如ひびき来ぬ長距離自動車とみにふえ来て

感覚に特異なものがあり、言葉に歯切れのよいところがある。その歯切れのよさが余情を殺しているところもある。かなり個性のつよい、感情の処理のはっきりした作者であろう。一首目はわかりにくい。中の三首に特色をみる。

三船武子　岩手

夜べ降りし雨の雫をふふみ咲く雪柳揺るる光溢れて
鹿踊りの群舞の如く揺れ揺れて風を肯ひ雪柳咲く
忘れ得ぬ愛語の一つ白妙の雪柳咲く季に甦り来
清らかに咲く雪柳闇を映すガラスに白き影揺らしをり
蒼空に雪柳映えて風光る季巡り来ぬ姑はいまさぬ

雪柳につよく思いをこめて主観と客観をたくみに生かしている。力のある作者であろう。二首目の比喩はちょっと躓く。四首目は写実だが夜の特殊な情景で、「影揺らしをり」と擬人的に歌って、一つの感じが出ている。

昭和54年8月号

岸岡のぶ　三重

病む姑の襁褓洗へば浅川の澄む水底に花柄冴ゆる
水張り田の底滑らかに沈みたる泥かきみだし動きしは何
条なして咲くぎしばりの黄花をも非情に薙ぎて草刈りすすむ
視聴覚弱りし姑の枕辺にささ百合よ甘き香を満たしめよ
澱みつつゆく川水よ手浸せば亀甲型の光漾ふ

印象の鮮明ということは作歌のうえでもっとも望ましい条件の一つである。発見がなされておれば言うことはないが、よく観、よく感じて、対象を自分の新鮮なおどろきのかたちとして端的にあらわすのが、短歌である。

特選の五首は病む姑の看病の生活を中心に、やさしい心づかいが現われているだけではなく、目の確かさが作品を生かしている。老人の襁褓はいずれ何かの廃物利用であろうが、その模様の花柄が洗おうとして浅川の水に浸すと鮮明に見えてくるというのは一つの発見である。五首目の「亀甲型の光漾ふ」も的確に水の相を摑んでいる。大胆に言い取っているのがいい。四首目は心を主とし、下句の主情的な歌い方も、それが病む姑の枕辺のことであるために感情が出すぎということはない。ただ、「視聴覚弱りし姑」とわざわざ言うのは、この場合、それだからせめて匂いで慰めたいということになって、説明的になる。理に堕ちない注意が肝要である。この姑は想像するによほど高齢で、いわゆる寝たきり老人なのであろう。そして田舎の暮しがよく出ている。

森元輝彦　山口

雨晴れし臨海工場群の沖遠く水銀の色に夕ぐれにけり
工場の音底ごもる夕べきてわが住む町ははや戸を閉ざす
さびしさに人の少なき路ゆくに魚箱積む媼鈴鳴らしすぐ
暁の鴉啼き立つこの丘の椎の木末に海霧の這ふ
言葉交はす人の少なきこの町に住みていとはしきこと避けてきぬ

海辺の町にひっそりと住んで、それでいてその町の生活や風景に惹かれている。個性には乏しいが、静かな気分の、むしろ寂しい感じが全体ににじみ出ていて、見過せない。四首目など、もう一つ突っ込んだ眼のはたらきが欲しい。

高野勇五郎　栃木

柿の芽の育ち終れる大き葉は五月の風をやはらかに受く
わが庭に沈丁花の香を惜しむ日に連翹の黄がはじまりにけり
かはづ等の声の静まる夜の更に欠けたる月の西にかたぶく
杏子咲く社宅に診たる思ひ深し花に患者にその後を行かず
東京へ別れの会に来れども賑やかなれば語ることなし

正面から歌って奇を弄することがなく、平凡のように見えて平凡でない。四首目は技巧の上でも目に立つ一首である。作者は開業医であろう。「花に患者にその後を行かず」は注目してよい句づくりである。

別井時子　和歌山

高層のビルのあはひに遠くみゆる船は夜明けに動きそめたり
夫死にし赤道ちかき太陽にやかるる額の汗はぬぐはず
旗たらすさまに洗濯物を干すシンガポールのまち裏をゆく
修羅の日をときに夢むと人はいふブキテマの山低くしげれり
名の知らぬ黒き小鳥の清き声シンガポールを発つ朝もきく

こういう旅行詠は通り一ぺんになりやすいが、作者は夫をその地でうしなっているので、切実なものがある。しかも感情におぼれず、ビルのあわいの遠い船や、日本とちがう干し方をする洗濯物にも目をとめているので、シンガポールを感じることができる。

横林敬子

アカシヤの若葉萌えしと思ふ間に早や花房の垂りて香り来

見のかぎりアカシヤの花散り敷けるま白き道を踏みて歩みぬ　岡山
花敷きしアカシヤ道に雨降ればはだら雪のごと片寄り合へり
車過ぐる度に落花が後を追ふアカシヤ道に五月は薫る
かげ欲しと思ふ日射しの増す頃をアカシヤ繁りて影なせる道

アカシヤ（ニセアカシヤ）の花どきを歌って、一首一首に観察上の苦心があり工夫がある。「雨降ればはだら雪のごと片寄り合へり」でも、「車過ぐる度に落花が後を追ふ」でもそうである。「五月は薫る」は一般的になりすぎた。

田植うと行きし吾が娘は物蔭に雨を除けつつ昼餉食むらむ　向後重太郎　千葉
幾日か田植ゑ続けて面やつれしたる吾が娘は言葉尠し
田植ゑ終へ吾娘の小声に歌ふ声厨より洩る朝しづかにて
植ゑ終への早苗一握供へては燈明捧ぐ亡父のせしごと
なみなみと水湛へたる早苗田の千々に輝き朝日を返す

農繁期、田植の歌であるが、自分の労働よりは娘のそれを主として歌い、父親の心づかいが具体的に出ている。題材としては特異なほうであろう。あとの二首は農の心がとらえた順直な生活や風景で、慎しみと満足感がある。

そつけなく断りし受話器の向うより女の吐息伝はりて来つ　鈴木直子　福島
部屋すみに子ねずみひとつ追ひつめし夫の声あり果汁をしぼる

唐突に蛙鳴き出す夕暮の春も終りの堀添ひ帰る
くどきつつ老が空罐拾ひゐし道端の田も埋め立てらるる
バス停に佇てば若葉に風そよぐわが決心の定まらぬまま

放胆なところがあり、我儘に歌っているようで、押えるべきものを押えている。ただ二首目はすこし飛躍がすぎるだろう。そのとおりを歌ったのかも知れないが、統一感に欠ける。一連、感性に恵まれた作者を思わせる。

近藤千鶴子　福岡

袋の錠剤を指に確かめて君は視力の衰へを言はず
受付けの瓶のあぢさゐに面寄する君には遠き記憶の花か
介助をば要せず履きて帰りゆく君は見るらし我をおぼろに
屋根越えていまだ灯せるビルの見ゆ煮沸消毒のガス止めし窓に
大よその電話の声をききわけて患者受付けに年を経しかな

視力をうしなった患者と、受付にいる作者と。その関係は淡いが、状況が深刻なので訴える力をもち得ている。四、五首目はそういう特殊な対象抜きで職場での生活を歌って感情が出ている。作者は表現の上で、物と心とのつり合いをよく心得ている。

木澤長太郎　秋田

再職の夜警に立ちて嫁きし娘を思ひゐるとき風は匂へり
シャモ鶏のトサカの赤く昂りて土蹴る姿勢疲れ来て見る
千束藁焚く雨乞に火の山の笠雲赤く照りつつ昏るる

夜の勤め終へ来て風のすがすがし夏大根の花白く咲く
職退きて遅き豆蒔く山畑に杉の花粉が風に乗り来る

夜警に再就職して、その生活の変化のなかで自己と自己の周辺をよく見ている。気分の安定した作者で、それだけに歌の調子は高くないが、摑むべきものは摑んでいる。二首目は難点があり、「姿勢」とまで言う必要があるかどうか。結句も唐突の感がある。

大平碧洋　秋田

男かとまがふばかりのあらき声魚商の女ら吾が前を過ぐ
広き田に新しき土は息づけり基盤整備の作業すすみて
牧場を雷すぎしあとおのづから泉に牛は集りはじむ
バスガイドの仕事離れて話すときおのづとにじむ訛親しき
バスの窓木の葉に触れて登るとき深まる谷のたまゆら見ゆる

線に太いところがある。三首目、印象鮮明。大きな景色を的確に歌って抒情が感じられる。雷のあとの牧場、それだけでも感じがあるが、そこの泉に放牧の牛が集りはじめるというのは情景が目に見えるようで、新鮮である。

正岡玉子　愛媛

思ひがけぬなりゆきとなり職変へし子に関はりて妹と対ふ
常になく声たかぶりし妹の吾に物言ふ度に茶を飲む
心重く出でし夕べに往き来する畦につばなの穂が光りをり
おもねるを好まぬ性の清しけど商ひにむかぬ汝と思へり

楠若葉萌えたつ宮の神木に寄り来てしばし心安らぐ

家族、肉親のなかの人間関係の悩みを歌っているが、基本にあるのは狷介で一途な子どものことである。「物言ふ度に茶を飲む」は真剣ななかにどこか可笑しさがあり、歌の上で救いになっている。一首目は説明的で、連作のための導入部という意識が出すぎた。

三好富美子　東京

喪に服し過ぎゆく日日の窓染めて小梅桜の色はととのふ
親子故にふかく憎みて傷つきしこともありしよ母の懐かし
やさしさに欠けたる娘と暮しつつ折をり母の泣きたる思ほゆ
丸まげの母涼やかな声張りてとほい記憶のなかをよぎれる
九十歳を過ぎても唱ひし母の声テープに聴けば泪ぐましも

母の死にあって、その一生を自分との関係において回想している。サラッと歌っているが、内容は一つ一つ重い事実の上に立って、はっきりした印象を与えてくれる。五首目がもっともよい。一首目はもうひと踏んばりしたいところである。後ほどよい。

佐藤源治　山形

月山の雪嶺おぼろにけむる日を菜の花の咲く川辺徒歩ゆく
仄あかく桃の花咲く野を遠く雨雲裂けて光差す見ゆ
家々を獅子舞ひゆきし野の村はやがて灯ともり闇にしづもる
獅子舞の余情いだきて早苗田の水面の光る野道を帰る
新緑の沼辺明るく目の青き目高いとほし岸に群れゐて

山村の生活や風景をていねいに歌っている。語法にやや無理なところがあり、「獅子舞ひゆきし」や「余情いだきて」はひっかかり、またもう少し冴えがほしいと思うが、歌われている山村の春に対する気持は厚く、それが作品に反映している。

昭和54年9月号

横林敬子　岡山

み空より青き香りのおろし来るアカシヤの道好みて通ふ
ベビーカーの幼なもこの道好むらし遠廻りしてアカシヤの道
ひたすらに繁らひ深しアカシヤは高き位置より影を落しぬ
石垣ぞひに落葉は朽ちつ砂寄りてかやつり草の青々生ふる
草原のごと繁りゐし川の藻を深く沈めて流れは早し

歌は清らかなのがいい。といっても、きれいごとを歌えというのではない。歌うことの内容はなんであっても、出来上った一首の歌は背後に透明な空間が感じられるようなのがいい。

特選の五首にはその清らかさがある。アカシヤを歌ったものには幸福感が出ており、一体に気分の晴れやかな歌であるが、そういう内容からだけではない生に対する或る親和感が作品を支えている。一首目の「青き香り」は気分的で不正確だとする批評もあるかもしれない。しかし「黄色い声」というのもあるから、私はこれを認めたい。二首目は母親の立場から歌って、ふっくらと仕上っている。三首目は「高き位置より」と捉えたのが、何でもないように見えて、手柄である。四首目は丁寧に観て、道具立てが多いので本来ならくどくなるところを、難なくまとめている。全体としてとくに冴えがあるとかきらめきがあるとかいうのではないが、柔らかい心が対象によくより添って、そこに好ましい一つの世界をつくり得ている。

別井時子　和歌山

ふる雨のやうやくやみてあぢさゐのうすきくれなゐ裏鬼門に咲く
この山にきいしもつけの花見むと木洩陽の斑の道にまぎれゆく
やま中のひとつ家さへ一票に見えし日ありと人は言ひたり
沈む日の茜を運びくる波に指ぬらしつつこころをさなし
地下道にひびきをのこす靴音に黄泉のあゆみのさびしさ思ふ

特異な感覚があり、濃厚なものがある。語法もしっかりしている。五首目、地下道に黄泉を感じるのは特異は特異だが理におちたところがある。しかしこの作者の歌は現実がどこか他界的な色調を帯びてあらわれているのが特徴であろう。

高原春子　愛知

日本種のたんぽぽ咲ける道を来てちちははの家に一夜泊りぬ
八十歳の老ちちははに添ひてゆくけふ古里に昼の月あり
語らひのうれしきものをちちははに深まる老は耐へがたく見つ
若き日の友すでになくふる里の山川に託さむかなしみ多し
一茎に一花のたんぽぽ見つつゆき独りのおもひ暖むわれは

故郷に高齢の父母が住んでいる。その実家にかえったときのなつかしさを歌って、なつかしさによろこびと悲しみの添っているのが歌を豊かにしている。類型化しやすい内容だが、昔ながらのたんぽぽと昼の月が作者の心を活かしている。

向後重太郎

夕べには未だ間あれど薪割りて風呂を焚き付く留守番われの

麦刈りのうからは帰り遅ければ湯浴みして待つ心詫びつつ　千葉
負ひ籠に鎌の触れあふ音させて麦畠より吾娘は帰り来
麦刈りて夕べを晩く帰り来し吾娘はほのかに麦の香纏ふ
畑仕事せし昼の間の疲れにか吾娘はテレビの前に居眠る

三首目の上句は手慣れたなかに摑んでいるものがある。力量のある作者で、留守居をする老いの後ろめたさのようなものが出ている。娘に対する思いやりもふかい。家族は何人かあるようだが、作者の視線はもっぱら働く娘にむけられている。

温泉湧き町となりゆくわが郷の川辺の草も滅びゆくまま　正岡玉子　愛媛
臭ひたちよごれし川の岸辺にも咲く花ありて蝶の寄り来る
淀みたる水面に映る町の灯の揺るるを見つつ橋渡りゆく
水堰きて水車に粉を碾く母を妹と待ちゐし遠き日懐ふ
大方の護岸工事の整へば螢の宿も潰えゆきたり

温泉町にかわってゆく郷里を嘆いている。橋から見た夜の水の面に町の灯の揺れている三首目がよい。四首目は厚く歌っているが、回想をそのまま歌うのはむつかしい。作者は変貌に亡びを見ており、その思いのよほど深いことが作品にあらわれている。

送電塔を見あげて高き山畑に草とるうつせみ吾れの小さく　大澤白水　東京
いづちよりいづちにゆくか送電線われにかかはりなきごとつづく

梅雨ぐもる空の下びの送電線数羽の烏声なく渡る
丹沢も阿夫利も見えず目の前に送電塔は高く聳ゆる
送電塔の碍子はにぶく光るなり梅雨ぐもる丘のまひるひととき

山畑に働く人の歌であるが、労働そのものよりは、そこにおける一個の小さな存在としての自分をどこまでも延びる送電線への視線によって捉えている。その遙かなものへの視線は憬れといってもよいもので、山地の大きな自然がその下に横たわっている。

木村とみ子　千葉

藍壺に藍ふつふつと泡立ちて土深く藍のいのちはぐくむ
藍壺の藍汲みかへてゐるときも藍はしきりに香を放ちをり
藍壺より上がりし糸は土色の藍したたらせ色に染みゆく
四代経たる家黒々と光りゐて棟木も梁も藍色に染む
藁堆のならぶ刈田のかたはらの干場に藍の糸は乾ける

むかしどおりの藍染を守って働く人の歌であろう。働く人の歌ではなく、そういう工房を見学して作っているとも考えられ、その可能性の方が多いが、その場合も、労働の工程を働く立場にまで降りていって歌っているところに特色がある。危うげのない作である。

増田伝市　愛媛

踏み馴れて脚にやさしき歩道橋わが家の階段より緩くして
通る人なき歩道橋の中ほどに街を見おろすわが物のごと
歩道橋の手摺りのペンキ剝げてきて吾が家のごとく気になり初めぬ

帰りには歩道橋より間近なる吾が家の屋根も見おろしくだる
歩道橋いつまで老いの通れるや手摺りにふれて一人思へる

老いの感慨である。それが歩道橋という極めて現代的なものとのかかわりをとおして歌われているところに特色がある。作者はそれを面倒なものと考えていない。その上からの眺めを愛し、ゆるゆるとそこを通るのを楽しみにしている。気持の和む一連である。

近藤千鶴子　福岡

急患の電話の夜半に鳴らざりし幾日と思ふ今朝の目覚めに
読む暇なかりし新聞束ねゆきわが休日の慣ひかなしむ
フォークを洗へば水槽にきらめきて何を苛ち易かりし今日
椅子に懸けて白きレースの華やげり誰を待つとしもなき部屋に
テーブルを這ふ蟻ひとつつぶしたる時より我の結論成らず

勤務するところが医院で、そこにおける気分を幾分引きずりながら、休みの日の心の動き、その一人居の生活の哀歓といったものを細やかに描き出している。三首目、四首目がすぐれている。「フォークを洗へば水槽にきらめきて」、この感覚はよい。

大津雅春　兵庫

裸木は空に尖りて震へをり強制異動内示日近く
鈍色に空かげりきて闘ひのデモはつづけりまなこ鋭く
藍の空へ要求貫徹ふりかざし旗は兇しき意志かがやかす
闘は個人のことにかかはらず潔きかな拒否の態度は

生きゐるを証となしてデモに来し明日あらばこそわれら腕組む

働く人の歌でそれを組織の内部から歌っている。こういう立場の作品は公式的になりやすく、この一連にもその傾向はあるが、「裸木」や「鈍色の空」や「藍の空」が不安や闘志や憧れのシンボルとして具体化され、声調にもリズム感があって無理なく歌われている。

国料トミ　佐賀

累代の墓めぐらせて番庭樹は白き小花を寂かにひらく
番庭樹にまもらるるさまに累代の墓石は丘の静もりに立つ
いつしかに雲のおりたちて番庭樹の白き小花を濡らしはじめぬ
いづこにも蜜柑の花の匂ひゐて夕づく庭に白き花散る
ほのぼのと蕾をささげ野あざみは母の墓石のかたへに生ふる

墓とそのめぐりの樹の花を中心にうたって、遙かな感じがある。手法的にはリアルに歌っているが、気分としてはどこか夢幻とか憬れに通うようなところがある。「いつしかに雲のおりたちて」などでも特異な把握である。「番庭樹」については知識がない。

保坂一夫　山梨

畑少し売りたるゆゑのいざこざに日日を疲れて夜は早く寝る
疎外され孤独の吾に触るるとき眼鏡はづしてその目を洗ふ
老いの身の思ひ過しは寂しかり夜半を目覚めて水飲みに起つ
新品の地下足袋履きて吾とわが心励まし野良に出でゆく
老いたりと言へど子等には頼るまじ力まかせに畑耕つ吾は

老いの姿も人さまざまだが、これは憂鬱で孤独な老いが歌われている。わずらわしさを厭う出世間的な性向の作者であろう。それが少しの畑を売ったために面倒が起り、厭世的になっている。二首目は自己を客観視して独自なものが出た。「新品の」も感じがある。

大阪にては芽吹かざりにし秋海棠はびこりやまず土佐に帰りて　松本　茂　高知
色づきてゆく桃の実を目守りをり五年を過ぎて整ふ庭に
育つべき実と慎重に選びたる小夏文旦庭に勢ふ
ひと冬を部屋隅に過ぎしハイビスカス放たれていま庭に咲き満つ
梅雨明けを待ちゐし如く百日紅今日咲き出でぬ晴れればれとして

植物を歌う一連で、それぞれの花が咲き実になるまでに、いろいろな思い出や苦労がある。それがよろこびとして歌われている。一体に平淡で、取り立てて特色があるというのではないが、植物好きが植物をうたう、その厚みがおのずから出ている。

昭和55年7月号

木を伐りに行かむと着けし作業衣の冷たき襟を幾度か合はす　向後重太郎　千葉
亡きちちの使ひ古りたる斧の刃を研ぎつつ思ふ幼な日のこと
研ぎ耗らし丸みをもてる斧の刃の朝陽を吸ひて鈍く光れる
ちちのみの父の使ひし斧を振るチエンソーなど頼ることなく
切り株に腰をおろして握り飯樹脂付きし掌を拭はずに喰む

山に働く者の歌で、労働を歌いながら人生の厚みが出ている。和みがあり、その和みがどこか寂しく、寂しいというよりはしみじみとしている。ものの観方、捉え方の的確なことにも注目したい。一読明らかなように、これは昔ながらの山仕事である。それでこういう作品が出来たのであり、これが機械化してしまえば、歌は質のちがったものになりそうである。つまり、これはあるいは過去のものになりつつあるような労働歌だが、それを古いと言ってしまってはならない。人の心というものは、そう変るものでないことを信じることの方が大切であろう。

一首目、「冷たき襟」は材質にもよるのであろうが、着慣れ、垢づいているようなことも関係しているだろう。下句、実際の体験を歌っているところに力がある。三首目、「研ぎ耗らし丸みをもてる斧の刃」というのもそうである。ここで斧はよく手になじんで身体の一部のようなものであり、それが父のかたみであるのが、さながら作者の生き方を思わせる。五首目はとくに叮嚀に歌って、「拭はずに」あたりは叮嚀すぎてすこし態度が出すぎたかもしれない。

一体に、声調はゆるやかである。歌の声調は、走るよりはすこしとろとろとするくらいの方が好い。たるまないで、ゆっくりしているのが好いのである。

大澤白水　東京

いづこゆか偏西風に迷ひきてこの山畑に散る桜花
釣糸の如く糸たれ藪影に浦島草の咲くは愛しき
三味線草をひとりをりしき山畑に憩へばすがし春の光りは
敵傘の群落つづきかぎろひの立つ径ゆくに会ふ人もなし
雑木林の芽吹きて煙る中にして水木の花の白きかがやき

春の山野を歌って景も気分も明るい。着実に歌って、そこに詩を感じる。桜、浦島草、三味線草、敞傘、水木とそれぞれ五つの草木を詠んで、それが散漫にならずに五首をとおして一つの気持が出ている。うらやましいばかりの野遊び、山遊びである。

八幡　正　千葉

月代の明り及ばぬ川向うに鴨降りたるか水音のして
空低く群近づくに囮り鴨は綱の限りをひきて啼き合ふ
方向《むき》変へに後れし鴨の一二羽が一団を追ふ夕あかり空
のびあがり羽ばたく鴨の腹しろし夕べくろずむ川の向う辺
一斉に飛び立つ鴨は夕凪の沼面を不意に波たたせたり

一連、鴨猟に取材して、的確に情景を捉えている。眼が非常によい。鴨の動態をそれぞれかっきりと描いて、夕暮の、その鴨のいるあたりの様子も目に見えるようである。感興横溢して、得がたい一夕の遊びであった。「綱の限りをひきて」はことにうまい。

内田民子　東京

杳かなる少女の面輪おもむろに重なりて来ぬ三十年の会ひ
会果てて料亭の灯のオレンヂに染みつつ別れの手をとりあひぬ
萌えいでし樟の新芽につどひゐて野鳥の声のひと日賑はし
堀ぎしに枯れたる真菰の折り伏せるあはひゆ新芽の直ぐなるみどり
生家をめぐりゐし堀の埋められて追憶も共に消えゆかむとす

初めの二首は同窓会。「料亭の灯のオレンヂに染みつつ」は感覚的で新鮮な把握である。四首目は観察のゆきとどいた確かな歌で、下句の声調がまたよい。「堀ぎしに」と言ったのも説明に終らず一首を生かすのに役立っている。三首目も気持の通った歌である。

沢田としゑ　熊本

咲きみちて梢に白きほむらなす白木蓮をゆらす風あり
とざしゐる胸の奥どの闇照らす一花ありけり白き木蓮
木蓮の厚き花びら雨に落つ重たさ示す散りざまにして
しろたへの厚みをかかぐ木蓮のはなびらつたふ重きその露
くだかれし夢のかけらに似て散れる白木蓮は踏むにためらふ

白木蓮の歌は多いが、これはその花の特色をよく自分のものにして表現し得ている。「厚き花びら」が重たく雨に落ちるのも、「しろたへの厚みをかかぐ」花びらを伝わる露も、作者のものになっている。夢幻的な花の気分を、目に見える形として示したのが手柄である。

木村とみ子　千葉

やはらかき日射し入り来る病室にゆき交ふひとの足音ひびく
病室の窓より見ゆる木蔭には見舞ひの時を待つ老婆ゐる
ゆるやかに点滴へりてゆく昼をむづかり泣ける幼子の声
透析をせねばならぬと聞きて来てサルビヤの花の眩しさに遇ふ
にぶき音たてて扉のしまる夜半病みゐるもののあれば切なし

四首目をみると作者は病人であり、全体の感じもそうであるが、どこか平静で、目くばりがよく効いて、一面、看護に当っている人のような気がしないでもない。力まないで苦もなく歌っているようで、病院生活の相というものをよく浮かび上がらせている。

高野勇五郎 栃木

二十年病む弁膜を取替へてをとめに今ぞ青春が来る
うしほのごと鳴る弁膜を取替へてをとめは胸の音無きに惑ふ
人工の大動脈弁がまをとめの朱の血潮を循環せしむ
そろそろと歩むに馴れしまをとめは人工弁となり颯爽と行く
あきらめゐし人への思ひをまをとめは人工弁となる今こそ語れ

心臓の手術によって人並の健康体になった若い女性を歌っている。身内とかそういう関係ではないようだが、感情移入がよく行きわたっているので、このかなり特殊な内容がそのまま読者に伝わってくる。「颯爽」はほかに俄にうまい言葉も見当らないが、一考したい。

伊藤妙子 愛知

大方の人眠りゐる闇に醒め音ともあらぬ真夜の音聞く
沈丁の闇あたたかし誰もゐぬ木の鞦韆のかすかに揺るる
青春にやや憾みありてひとつのみ残る洋銀のスプーン磨く
鶏頭のかぐろく咲ける真ひるまを猫のゆまりの陽に臭ひ出づ
ベランダの盛り土に来てはゆまりする隣家の猫は老い呆けにけり

日常生活を歌っているが、その日常生活の翳りの部分、虚の部分に作者の眼が向けられ、作者の心が動いている。五首一貫してそうであるために、そこに独自の感じというものが出ている。表現力があるだけでなく、感覚にも特異のもののあるのが強みである。

陶山恵嗣子

見舞の薔薇あかあかとして翳りゆくうから帰りし病室の窓に

佐賀

病室に遠き灯の街空よ危惧ゆゑニュースも空虚に聞きつ
木犀は雨後のひかりに仄朱し癒えゆく過程ひそかに萌ゆる
刃物さへ柔軟のもの切りながら傷み鈍りてゆくを思へり
体温を離れゆくときブラウスの静電気発つ春のうすやみ

女らしい繊細な感情の出た一連である。作者は病気で入院しており、その不安が微妙にあたりの何やかやに波動を伝えている。感覚がするどいというだけではなく、それが不安をつつんで微妙なのである。作者の持つよい素質が、入院生活をとおしてうまく現われたと言えよう。

砂山ミユキ　静岡

箱根路は芽ぶく気配のあふれゐて見ゆるかぎりの山の明るさ
冬の間に枯れゆく花の鉢いくつかハイビスカスの葉も落ちつくす
亡き母がなせし如くに豆の束立てならべ干す日向のござに
妹の手打ちのそばの美味かりき労られつつ吾ら年越す
夕映えの富士に真向ひ帰り来ぬ焼成の壺互みに抱へて

箱根路といい、富士という。作者はそういう場所に住んでおり、昔から名高いゆえにかえって使いにくいような景物もごく自然に詠みこなしている。さらりと詠んで味が出ているのは凡手ではない。平穏な生活が、風景そのものにとけ込むように歌われている。

別井時子　和歌山

石垣の弾痕の跡かぞへつつまがれば薩摩の道はととのふ
ひと筋に長崎鼻へ続くみち茎立つ菜種は黄の花ちらす

旅終ふる朝は晴れて凪ぐ海のきらめくかなた佐多岬みゆ
火の山の裾にとぼしき家みえて錦江湾に船近づきぬ
花芽もつ桜並木の道をきて朝のつめたさいふ人とあふ

旅の歌は常套的になりやすいものである。しかしこの一連は、強い視力と、しっかりと据えられた言葉によって、その常套をまぬがれている。奇をてらったりしてはいないが、手本で習っただけでは得られない固有の眼のはたらき、言葉の布置がある。

花曇る野辺に這ふごと屈まりて蓬摘み在す八十路の母は
老い母の好む草餅作らなむ茹でし蓬の緑が眼に沁む
蓬の香こもらふ厨に炊ぎつつひとひの吾のこころ素直なり
濃みどりの色に指を染めながら音立てきざむ蓬匂ひつ
つんつんと枯草立てる蓬生の野にあたたかく雨降りしきる

犬飼喜久　山形

老い母にむかう眼があたたかい。それが蓬を摘み草餅をつくるという春のささやかな年中行事をとおして、平明に、順直に歌われている。「濃みどりの色に指を染めながら」でも、あたりまえのように見えて、それをそう押さえているところが大切なのである。

幾日か後に来る死を知らずして夫の単衣のほころび縫ひき
逝きまし夫の呼ぶ声二階より聞こゆる如く思ふをりふし
時ならぬ夫の吐血に救急車を呼びしか五月の靄深き朝

森山容子　東京

死の迫る夫が吾をばいとほしと言残したる顔を忘れず
命終を前のうつつの夫の眼のたちかへり来ぬ胸いたきまで

夫の死というような人生上の大事は、重すぎてかえって歌いにくい。作者の詠嘆が切実なあまり、観念的になりやすいのである。後の二首にその傾向がないとは言えないが、一首目の「単衣のほころび」、二首目の「二階より」が具体的である。

昭和55年8月号

内田民子　東京

清やかに吹きくる風よ上着とりてゆけば肌へに吹きとほりゆく
高圧線の鉄塔ならびて見えわたる弧をゑがく線の重きをみせて
靡きつつ梢ゆるれば櫟わかば葉裏のしろくきらめくあはれ
黄ばみたる八手の古葉地に落ちて安らぐさまも初夏とおもひぬ
みどり児の泣くこゑきこゆほのぼのと温もるこころ塀にそひゆく

気持ちの徹った一連五首である。初夏のさわやかな季節に加え、作者の心も或る幸福感に満たされている。そして外界と心のあいだには交流があり、親和の関係が成り立っている。写実を主とし、よく物を見ているが、それはよく物に感じているといっても同じで、そこには心が出ているのである。技法の上ではいま一つ切れ味を望みたい気もするけれども、丁寧に歌って、一首、一首、みな感動の由ってきたるところがはっきり出ているのがよい。

一首目、「上着とりて」があって生きた。実感を順直に歌にしている。二首目、かなり苦心を要した作であろう。自分の言葉で納得のいくまで心を惹かれた風景を描こうとしている。三首目、「きらめく」がすこし強すぎるかもしれないが、対象をよく捉えている。四首目、自然の摂理に心を寄せ、凋落に安らぎを見出すのも、替りの新しい葉がそこにあるからであろう。五首目、気持ちの温かい歌で、結句でしっかりと押え、余情がある。
全体として、外に向ってよく心が開かれ、その開かれ方が歪みなく親しみぶかいのに注目したい。

近藤千鶴子 福岡

夕茜区切りて長き陸橋の架りて居たりけふのふるさと
幾度の忌に帰り来し故郷よ亡き母を知る人に逢はずも
みどり児の写真に歌を遺したる母はわが歌を知らざるままに
石橋に父を立たせて写したる池は噴水の音のみにして
ふるさとに帰れば小さき引き出しの父の眼鏡に読む新聞を

母のいない故里であり、めったに帰ることのない故里であるが、父が居り、母の思い出の品も残っている。陸橋などが建ち、様子は変ったといっても、やはり懐かしいのである。淋しさと懐しさと、その感情が、感情におぼれることなく、沈潜して歌われている。

高野勇五郎 栃木

カーテンを一方《ひとかた》に開け朝光が麦の芽に在る今日をはじめる
早苗饗《さなぶり》のかしはの餅をうら若き母となりにし今年もくださる
隣人が心を深くつちかひし休耕田に麦の芽すがし
幼らと淡き緑のよもぎ摘むあした彼岸の冬草の畦に
かはづらの声の静まる夜の更に白髪を洗ひいねむとすなり

力倆のある作者。生活感情が深くゆき渡って、日常のなかにしっとりとした歌の世界を成就している。「朝光が麦の芽に在る」はすぐれた把握である。二首目の若い母親によせる感情も瑞々しく、心の通う生活の根が感じられる。

別井時子　和歌山

夜嵐のすぎしをいふ声きこえきぬ桜ちりしく庭にたつとき
大根の花咲く畑よりとびたちし雀の中に鋭声もまじる
酒保あとは校舎にかはり丈高くなりしアカシヤ風に揺れあふ
石垣の影をしづめる城濠に緋鯉は小さき水の輪つくる
かへり来て施錠をあける暮れつ方みかんの花の香りただよふ

作品の底に不安があり、日常を詠っても日常のなかの割目の自覚がある。一首目の「夜嵐」、二首目の「鋭声」はそういうものの象徴としての意味をもつ。作者がそれを意識して使っているというのではない。そうだとつまらなくなる。もっと生得の感覚に基いている。

矢島正彦　神奈川

遠山に雪なほ白く落葉松の梢芽吹かむとしつつかがよふ
うすら陽に咲きしづまれる白梅の影もたぬまま枝に重なる
俯きてサルトルの死を想ひつつ麦吹く風の中を帰り来
暮遅き校庭に沿ふ塀内にブランコを漕ぐ軋みきこゆる
憂ひなくわが日々はあれ地下駅の壁に貼られし春闘の檄

五首目「憂ひなくわが日々はあれ」は有名な先例を堂々と模倣している。あまり堂々と使っているので気押されるが、やはり気になる。感覚の鋭敏な、そして語感のよい作者であるから、自分の工夫を押し出してもらいたい。また結句に重心をかけるように心掛けたい。

木村とみ子 千葉

なめらかに日が照り反す崖のうへ息を溜めゐるごとし桜は
そしられてゐるやも知れず相寄りて桜の下をゆるゆる歩む
傷つきし顔して物を言ふなかれ桜の花の下に佇ちゐて
崖の上に鋭き雉子の声ひびき真昼ひそかに花は散りゆく
満開の花のトンネルぬけくれば空よりこはれ来さうなゆふべ

かなり個性のつよい歌で、人間関係に敏感に反応している。また一首目、五首目の桜の捉え方にも際立った感受性がある。こういう感覚を研ぎながら、一方で言葉を沈潜させるといえば矛盾する方向のように思われるかもしれないが、それを実践すると伸びる作者であろう。

江藤正拾 大分

石投げて捕はれてゆく学生らむなしき遠き日のなかに生く
屍に蹲り泣く女ありバリケードの影移る舗道に
映りゆく死の制圧を見し夜を寒ざむと風の窓に鳴るおと
その明日に何待たむとす光州の灰色の壁深く黙して
青春の無数の挫折知りて来しかの日の如き暗き跫音

対岸の国の騒乱はテレビにも映されて心を痛ましめた。幾つかあった作品の中で、この一連は出色。背景に五首目に歌われているような体験があることも歌を切実なものにしている。また二首目の下句にみる把握の確かさも、歌を概念的なものから救い出すのに役立っている。

祖母が詠みし征く子を送る歌の載れる「昭和万葉集」読み明かしたり　　里神久美子 岩手
わが生れし屋敷つづきの古墳《つか》のめぐりの径も舗装されたり
ライラックいろにかすみて海より吹く風に芽ぶきの近き山なみ
うすむらさき色に暮れそむ晩春の低き山なみ鳥ら越えゆく
南風《まぜ》はらむ一夜の雨に巻葉萌えて花芽もたぐる深山すずらん

歌の調子というものがよく手に入っており、言葉の斡旋に弾力性がある。「昭和万葉集」の歌は自身に身内に即した具体的な内容が訴える力をもっている。方向としてはこのリズム感を根において生かしながら、表面のなめらかさに抵抗していくとよいと思う。

禁猟の季となりたりのぼり来し菜の花畑に雉子のゐて鳴く　　保坂一夫 山梨
菜の花の畑に佇てるわがめぐり日昏れてなほも温もり残る
地下足袋を穿きて来にけり丘の園ぶだうの芽吹き確かめ歩く
赤土の天までとどく山畑を追ひつめられしごとく耕す
宵闇に大根の花寒ざむと晩霜予報流れ来にけり

山畑にはたらく人の歌で、そこに菜の花が作られ葡萄が作られている。その労働は四首目のようにきびしいが、そればかりではなく、そこには人間を包むものがある。その感情が、二首目によく出ている。

野鳥らの餌場せばめて建ちてゆくビニールハウスの白が眼を射る　沢田としゑ　熊本
山上より見れば野をゆく流れともビニールハウスが木の間に光る
炊煙は皆無といへる街並の屋根染めて朱き冬の夕映
みかん畑いまは休息の樹々ならび葉面に残る白き農薬
静謐はすでになき部落建設と破壊が自然を日々に侵して

変りゆく農村をテーマにして歌っている。ビニールハウスはたしかに農村風景を一変せしめ、農作業をも一変せしめた。それを痛みをもって歌っている。四首目もありのままを歌って訴えるものがある。五首目はテーマに曳きずられて概念歌になった。

春の落葉うすくかむりて芽吹きゐる槇の実生のいくつかがあり　鵜藤愛子　静岡
友禅の端布買ひきてざぶとんを作りし夜はおもひやさしむ
サンダルを選みつつゐる春の店ベージュにも水色にも心ときめく
年々に離れゆく子よペチュニヤの苗植ゑこみて花の季を待つ
瓜ならせかす漬つくりペチュニヤの花咲きつぎてわが夏深む

柔軟で瑞々しい感受性がある。色彩感にあふれる歌で、日常のなかのちょっとしたことにも喜びを見つけている。「春の店」というのも歌にふくらみを与えている。この瑞々しさを保ちながら表現を引緊めていく努力を期待したい。

漁期終へて浜に積まるる烏賊かごに附着せし卵白く乾けり　大谷優子

接岸の舟にかけ寄る漁婦たちは素早く積荷の箱数をよむ
夫や子の出船送りて漁婦たちの饒舌つづく夕昏れの浜
密漁をいましむるマイクの声響く路地に昼餉の匂ひこもれり
漁りにかかはる商ひする吾は雲の移ろひ常に窺ふ
山口

浜にはたらく人達が生々と歌われている。五首目にあるように、作者は浜の人達の中の一人ではない。しかしまた傍観者でもない。そういう中間的な立場から見ているので、冷静だが冷淡ではない歌になった。作者の位置がよく生かされているのである。

朝窓に髪梳きをれば林より羽音重く翔つ鳥のあり
わが夢に深く入り来てかそけくも錠のゆるびしガラス戸の鳴る
目に追へど空の高みに紛れゆく凧のごとしもわが過ぎ行きの
寡婦の相など肯はずたなそこにとる乳液のとろり冷たし
手底に移しすぎる乳液に忘れたきことの一つ沈めぬ
なつみあき　千葉

いわゆる女歌の系統の作品である。主情的な態度に象徴的な手法も加えているのが特色。底に悲哀があるので、さわがしい感じは受けない。不充足感と、そういう生の現状に対する抵抗との二つの感情が、せめぎ合って歌の内容をなしている。

昭和55年9月号

はらはらとみどりの木の花こぼれ来る高きは嫩葉と見わけがたしも
遠く白く見えしは山のこぶしにて芽吹く林に紛れず清し
関谷澄子　東京

ひつそりとうち伏すもあり反るもありかたくりの花群るる斜面は
ひとひらもいまだ散るなき桜花の中に小鳥が動くここに憩はむ
単線の列車がすぎて踏切に風向計がしばらく廻る

先月、準特選に採った人の同じ作品が、別の歌誌の、同じ号の特選に採られているのを見た。のみか、そのまた同じ作品が、これはまだ発表にはならないが、全国的な短歌大会の応募詠草のなかにあるのに、先日、選をしていて、行き当った。私はこのことをいい素質のある作者のために惜しむ。ついでに、もうすこし困った問題である盗作について言えば、私は応募作品にむかうのに、そういう疑いをもってむかったことはいちどもない。今後もないだろうと思う。幸い、いままで信頼を裏切られたことはなかったと心得ているが、どうか万を万倍にしたうちの一つにも、そのようなことのないのを祈りたい。

特選関谷氏の五首、季節のややずれるのが気になるといえば気になるが、現象をよく見て、ただの現象をうつすのではなく、それを見とおす作者の視線というものがはっきりと出ている。それが三首目など、ちょっと理詰めの感じになっているのは警戒を要するとしても、言葉の斡旋が巧みで、平遠にして余情をふくむ。理性の勝った作者が感情におぼれることなく、しかも一首一首に詩を見つけているのが手柄である。

砂山ミユキ　静岡

ペンだこのややに柔らぐ指となる職退きてより三歳が経ちぬ
幼きと在るはたのしき上をつめ下をつめ言ふ言葉のことも
五月雨の止まぬ日暮の畑中に肩ぬらしつつ絹さやをもぐ

電線にとまりやさしき声に鳴く何鳥ならむ梅雨にぬれつつ
歩道橋あへぎ登ればま向ひに雪煙り立つ富士がそびゆる

二首目、「上をつめ下をつめ言ふ言葉」という把握は秀抜である。楽々と歌って力倆充分の作者であるだけに、軽く流して多作するよりは、一首をきびしく仕上げる方向に努力をむけたい。五首目「雪煙り立つ」が見どころだが、全体としてはやや安易になっている。

内田民子　東京

おとろへし薔薇にふるればはなびらの崩れてなげきの如く地に落つ
薔薇の莟おとろへながら萼のもとの脹らむみどりみづみづとして
ゆるやかに鴉は啼けり日曜の校舎の屋根のアンテナにゐて
窓近き梢に啼ける鵯の声とほりゆくつゆ晴れの空
窓も壁もさざ波の如く音たててつゆ寒の午後を地震にゆれにき

二首目、よく見ている。「萼のもとの脹らむみどり」は作者の発見で、それがあるから「みづみづとして」の描写も、「おとろへながら」の主観も生きるのである。気分のうまく乗っていない作品もあるが、そういう作品もていねいに歌って歌を大事にしているのがよい。

北山つね子　東京

舗装路のとほりて父祖の田も畑もすがた変るを甥と見て立つ
ヘリコプター去りてしづもる野の森にくわくこうはまた声を上げそむ
垂直に星の光の降る庭に甥は語りぬ農村未来図
遊覧園設けむことを甥は言ふ庭に熟れたる茱萸も抜かれん

子の指図受けぬ老いたる兄夫婦かまどを別にひとつ家に住む

実家に帰ったときの歌で変貌する農村のなかの兄の一家の生活が、生々と、同時に痛みをも伴いながら、しっかりと詠まれている。兄夫婦と、その子との考え方の違いも、気持の上のへだたりも、さもあらんと思われる。「垂直に星の光の降る庭」は鋭い直観を思わせる。

伊藤ふたゑ　福岡

筑後川春うららなり岸辺覆ふ花大根のあはきむらさき
容赦なく花大根の花叢を人は薙ぎゆくこのやさしきを
この道もさびしくならむ根こそぎに花大根の苅られてぞゆく
軒の鳩いづち行きけむ棲み捨てて去にてしまひぬ吾はまた孤り
暁空に寂然として耀へりやや傾けるまどかなる月

自然を優しみ、心なき人の行いをうとみ、孤独を噛みしめている。それらのことを大らかに歌って、渋滞の跡をとどめないのがよい。淋しく、しかもなつかしい気分がゆき渡って、言葉がぴったりとその気分に乗っている感じである。

森元輝彦　山口

霖雨過ぎて町並み遠し福川の波止に動かぬ人影のあり
一年の巡りて脚の傷痛むこの思ひ一生続きてゆくか
蜜柑の花強く匂へるこの道を昨年は重たき柩運べり
老多きこの島の墓地に新しき卒塔婆を立つる暑き日の中
いらだたしき爆音と思ふけふ晴れて南の窓に練習機飛ぶ

痛みやすい神経の作者でまた病弱でもある。その無力感が、外部の気象や爆音や人の死に鋭敏にひびいている。一首目、自分の分身のような人影を歌う。二首目は身体の痛みを直叙して人生の時間をうつし出している。目立たないが、語感がよい。

暑さ少し抜けたる夜半の調理場に屈まりて崩す野菜の箱を　渡辺恵美子　愛知
揉み手して箸洗ふ朝より願ふ事この夏あまり痩たくはなし
漬込みし青梅と同じ酸き匂ひする目薬を目に染みこます
乾燥機に食事すむ度入れる火の炎は終ひの音たてて燃ゆ
寝過せし一日をやまず降る雨に提灯花は道へ傾く

一首目、「屈まりて崩す」が端的で確かである。そういう急所の押さえがどの歌にもあり、感覚にめぐまれた作者であろう。三首目、青梅と同じ酸い匂いのする目薬というのは常凡ではない。四首目「終ひの音」はちょっと理解がとどきにくい。

父親となりたる眼差しかたむけて襁褓を替ふる子のたどたどと　近藤千鶴子　福岡
うば車に眠れる孫を押しゆきぬ乳房豊けき頃の思ひに
海軍に命危ふかりしその祖父にはるけき日々を聴けよ長じて
母が棺に納め呉れよと遺したりおのが生みたる子等の臍の緒
疲れたる夜更けの風呂に洗ひゆく跣に土の記憶はとほく

祖母となった感情を歌っている。それが、祖母と孫の関係だけでなく、中に子を置き、さらに亡き祖父すなわち作者の夫の上にも及んでいる。その血脈の思いが、無理なく、納得のいくかたちに歌われている。浮ついたところがなく、落着いた詠風が好もしい。

船腹にタイヤめぐらせポンポン船が運河のくろき水わけてゆく
異様なる朝焼けはして明しとも暗しとも甍に梅雨のあめ降る
膏薬の臭ひゆゑなく神経に触りて母を疎みし日ありき
美しき老などあらう筈はなし車窓を雨のしづりては消ゆ
言はねば誰れも気づかぬ吾れの誕生日夜をつややかに茉莉花匂ふ

栩本澄子　大阪

全体として、にがい、苦しい心と対象が歌われている。五首目、「言はねば誰れも気づかぬ」誕生日は哀切だ。そしてそれはいかにもありそうなことなのである。ひっそりと生き、目には見えない陰火がそこに燃えて読む者の胸を照らす。

田の草を取り来し妻の蟻蠓に刺されし瞼赤く腫れたり
厨までまつはりて来し蟻蠓を払ひつつ妻は夕餉の仕度す
蟻蠓に刺されし妻の手の甲に病むわが白き手を重ね見る
後継ぎのなき田作りにわれは病み妻は老いたり腰細るまで
継ぐ子なきことには触れず田作りに疲れし妻は夕べ居眠る

壇木耽一郎　秋田

病む作者、そして田で働く妻。その妻にたいするいたわりを主に、子のない老夫婦の日常が歌われている。家ごもる作者の目の前にあるのは妻だけという事情もあるだろうが、妻に向ける視線が具体的に、或る執拗さをもって働いているのがよい。

森　正子　東京

渓流に枝を展べて咲くはなみづき激しき雨に雫し止まず
風吹けば雨雫散る山の路若葉の蔭を傘の列行く
奥利根の清流岩をたばしりてしぶきに彩ひ山藤の咲く
渓風に朴の甘き香漂ひてくづるる程の大き白花
青麦の穂波のつづく畑遠く谷川岳の残雪光る

山行きの一連。大きな連峯の麓に遊んだのである。そのときの実景が生々と詠われている。取り立てて言うべき特色はないけれども透明感があり、気持ちのよい一連である。感興が山藤、はなみずき、朴の花などに率直に託されている。

陶山恵嗣子　佐賀

山の青葉を近々と霧流れをり重たきもののたゆたふごとし
一つ二つ薄くれなゐの合歓の花木立のみどり深めて匂ふ
稜線の向うに長く引く雲のしんしんとして燃え深みつつ
白みたる灰色の海遠見えて港の街の甍ひしめく
杉木立のひかり届かぬ静けさの草生に芭蕉甍塚あり

自然を歌って、外面描写に終わらず、むしろ内面の心象として歌われているとさえ思われるような、作者の固有の気分のゆき渡った一連である。「白みたる灰色の海」は、海の実景をよく知っている者にして言い得る把握であり、しかも主観がそこに濃厚に出ている。

古藤富美枝　福岡

葉ざくらの影ゆらぐ道ふみしめてすべなきこころ鎮めむとせり
思出の一つ一つに声あぐる少女に戻りし友らとわれと
眼鏡かけ義歯入れ別の私が演技者のごとく年重ねゆく
視力うすくなりし夫に新聞の音読いつしか十年過ぎけり
切り捨てて生くべきことは非ざるや活け終へし花に鋏入れつつ

生活の危うい均衡の底にある心というものが、その生活の断面をとおして、きらめき出ている。全体に一つのかたちを感じさせるけれども、これはこういった心象詠、心理詠の本道を行っていることの証拠だともいえる。素質を育て、深めていただきたい。

昭和56年7月号

向後重太郎　千葉

堰き池に浸せる籾をあげしときうすき緑の葦かび揺れつ
田植機に載せむと籾を函に蒔く吾娘かろやかにくちずさみつつ
誘はれしけふの花見を惜し気なく断りて吾娘野良着つけをり
田仕事に吾娘の忙ぎて出でし後残れる孫のむつきをすすぐ
ひと粒をおろそかにせず食みたりし小作のむかし未だ身に沁む

特選五首は老いたる農夫の歌である。五首を読むとこの人の生活がおのずと浮びあがる。作者、娘、孫——田の仕事は娘が引受けて、作者はその娘を頼って老後を生きている。わびしいようで、温かく、親しみのある平穏な生活がつづいているのである。桜の花どき、すなわち田植まえの季節を中心にそういう生活が歌われて、それが単なる報告をこえているのは、着実な写実に加え、娘にたいする作者の思いが厚いからであろう。

一首目、「うすきみどりの葦かび揺れつ」は、こういうふうに細かく、現象をのがさず捉えることによって、労働というものの具体的なイメージがうかびあがる。二首目は田植機がこの小さな農家（と想像される）にまで普及しているのを知る。下句はやや簡単に歌い流した感じだが、娘の機嫌のよいことが作者には嬉しいのである。三首目、娘は花どきも働くのが当然という気持ちなのである。作者はそれをかわいそうに思って見ている。四首目は留守番の歌。「残れる」は説明的。一工夫要するところであろう。五首目の回想は重い。

作者は自分の置かれた環境に感謝して、愚痴も不平もなく晩年を送っている。背後に小作のむかしの恵まれぬ労働があり、いま、娘に頼る安穏な生活がある。平静にして陰影に富む生活の歌である。

陶山恵嗣子　佐賀

花に似て樫の古葉の散りいそぐ空しんかんと季深みゆく
添へられし紫菜種の花ひとつ来し方つづられし手紙読み終ふ
何鳥かむくろ濡れゐる夕べなりわが亡き鳥のかたへに埋めつ
揺れやすき栗の若葉のひかりつつ春の黒土起されてをり
ものの影やはらかに見ゆる朝の陽に野いちごの花傾れに白し

繊細な神経の見付けた春の抒情歌である。どの歌にもふるえるような心が映っており、三首目、鳥のむくろの歌にみられる傷みは、他の明るい歌の背後にも沈んでいるように思われる。心をひそめて、情景を主として歌っているのがよい。

根方よりみぎはにかたむく紅椿おちしあまたの花ぬれてをり
城濠に浮きゐる桜花びらを胸にわけつつあそぶ白鳥
朽葉よる石段の隅つたひつつおちあふ雨水の音をききをり
藤の花いまだみじかき藤棚の下の露店にさざえ焼きゐる
咲きみちし桜並木をあゆむわれ道路鏡にちひさくうつる

別井時子　和歌山

桜の花どき、城あとの公園に遊んだときの作。歌われている対象はかくべつ奇もないものでありながら、視線のつよい、線の明確な作柄である。「朽葉よる石段の隅つたひつつ」は、自分の眼でみて自分の納得のいくように歌っている。ほかの歌にも、それがある。

照り翳る窓に対ひて伝票の皺のばしつつ項目を分く
伝票に記す値引額をあきなひの潤滑油のごとく思はむ
ボールペンを嫌ひてインクにて書く帳簿青き数字の眼に柔し
滞りゐし売掛金の半ばほど受け帰る道に柳はそよぐ
経理担当のわれに遠慮をする夫か窓に息かけ拭きつつ思ふ

北山つね子　東京

商家の主婦の歌。この頃は個人の店でも株式組織にして主婦を役員にするところが多いが、この作者は実際に働きもあり、苦労もしている。そういう家事と商売が一緒になったような生活を生々と描いて、性格的には屈託のない作者の、哀歓といったものが出ている。

極みまで生きむと生きし妻が逝くつめたくなる手をわが掌に置きて

高野勇五郎

わが心の痛みは問ひつ病み重る己れの癌は問はず逝きにし
青春を楽しく生きて良かつたね病ひの極みに言ひし妻はも
妻死にし悲しみが去るわが眼より溢れし涙の流るる間は
妻の死に泣きに泣きにしわれの眼は涙が流れ易くなりたり
栃木

歌われている内容が重い。こういう切実な内容のものはかえって歌いにくいものだが、真情で押し切って成功している。互いをいたわる夫婦の愛情が、病む妻の側からも夫に向けられており、それが亡き妻によせる作者の思いを一層切実にしている。

教育が政治に圧されゆくときを暗き記憶のなかに知り来ぬ
君が説く未来のことも信ずれど唯ときに湧く淡きかなしみ
渓流の日暮れを告ぐる山鳩のくくもる声の何にかなしき
心の灯つねに消さざる生き方も遠き戦ひの日より継ぎ来ぬ
油圧機の暗き灯かげに屈まりて土練りてをり梅雨となる夜を
江藤正拾
大分

工場に働く人の歌であろう。しかしその日常の具体を歌うよりも、もっとさし迫った胸の思いというものがあって、それが政治、社会へのやり切れない不信の思いにほかならない。声低く、自分の心の色に忠実に歌っているのがよい。

街道に沿ひてつらなる古き町の山かげの墓地に姉は眠れり
かりそめの縁ならねど遠き町に墓を定めし姉の悲しも
松本可代子
宮城

姉おとうとうちつれて訪ふ片山の墓所同じ姓の多かり
いとしまれし幼き日々を抱き来て末の弟の花束重き
年経ても老いぬ君ゆゑながらへば語り告ぐべきことばもあらず

姉の墓をたずねて墓参を果したときの歌。渋滞なく歌える力を持っている。写実の力もあり、また「年経ても老いぬ君ゆゑ」に見られる主観による把握もよい。力にまかせて歌い流さぬように用心したい。三首目の「姉おとうと」の「姉」は作者のこと。

津末十三　大分

夜桜の浮くあなたより天神のかぐら太鼓の音ひびき来る
窓近く咲く宵ざくら電灯のあかり及ばぬ闇に散りゆく
おみこしを追ひて浮かれて笛太鼓ぴいひやらどんと弾んで行けり
春雨に人も御輿もそぼ濡れて夜ふけの街を練りて行きけり
夜も更けて疲れ見えたる笛太鼓まつり囃子の音乱れくる

桜さく夜祭りの笛太鼓や輿。その幻想をさそうような浮れ気分が、幻想の方へと拡散することなく、その一つ一つの情景が的確に押えられている。そして春の祭りの気分は充分に伝わってくる。「ぴいひやらどん」などは安易に使わないようにしたい。

浜園洋子　鹿児島

大隅の台地耕す妹の持ち来し白菜火山灰を巻き込む
七階の広き玻璃戸に吹き荒るる春一番は霰ともなふ
踏めば今ひきたる潮のにじみくる朝の渚にサンダルを脱ぐ

手の中に山椒の木の芽打ちならす青き香りは厨を満たす
向山の欅の緑一まはり大きくなりて雨はあがりぬ

どの一首にも詩の核ともいうべきもののあるのに感心する。よなを巻き込んだ白菜、春一番の霰、砂浜の足あとににじむ潮等、感動の中心がはっきりと出ている。雨の間に欅の緑が「一まはり大きくな」ったというのも、発見である。

保坂一夫　山梨

克明に記せし我が家の山台帳筆跡に顕つ祖父の面影
落ちあへぬ櫟の枯れ葉いくばくか春の疾風にさやぐも寂し
わくらばを踏みゆく道の匂ふかな崩れて光る山の朝霜
孫伐るや曽孫の売るかは知らねども杉苗植うる吾が裸山
植樹する山は昏みてスコップの刃先小石に火花を散らす

植林にははげむ人の歌。樹の成長は一代という目盛をこえているので、その大きな時間を踏まえて、歌われている内容も祖父から孫子の代へと意識が拡がっていくが、生活の具体をのがしていない。山の仕事の孤独を、沈着に見つめている。

71　昭和56年7月号

古川静夫　鹿児島

ひたすらに憧れきたる長崎に真珠のごとき春の雨降る
晴れし日の眺望おもふグラバー園ミナト長崎は雨にかすめる
春雨に濡れつつたてる平和像手をさしのべし顔のやさしく
草も木も生えぬと言ひし日も遠く桜の蕾雨にほころぶ

長崎に来しとしみじみ思ふなり朝の目覚めにきく鐘の音

長崎の旅の歌。取り立てて特色はないが、旅情といったものを大切に、やさしく歌っている。反面、抒情に流れすぎないよう、そして、常套を破る努力が必要であろう。自分の眼で、自分の言葉で、それを護符のようにして、抒情を正しく育ててもらいたい。

矢島正彦　神奈川

薔薇の芽に雨そそぐ日を籠りゐて言葉より重き愛を想へり
あらためて愛しさ言はず湯あがりの髪梳きてゐる汝が肩を揉む
たまきはる命惜しみて佇つ丘の古き墓石みな海に向く
連翹の黄花明るき村に来ぬ戻るほかなき道となりつつ
菜の花は夕映えに満ちやはらかき土踏みながら野の道帰る

巧みな作者である。心得すぎたようなところが、かえって欠点になる。「言葉より重き愛」はあぶない。二首目の一、二句も説明にながれる。と、このように難点を言うのも、まこと巧みな作者だからである。四首目、五首目がよく、最後のが一番落着いている。

沢田としゑ　熊本

わが石碑建てて悔あり恥多き身の葬り処は秘すべきものを
死してなほ已れを曝す愚かなる所業と気付く墓石を建てて
死にたくはなきともがきて死ぬならむわが終焉のぶざまが見ゆる
人訪はぬ墓地こそよけれほしいままに来りてさやげ山の小鳥ら
死にてのち墓地よりはるか見さけむかうつつに踏めぬ雲仙の岳

気象のしっかりした女性である。わが墓をあらかじめ建てて、それについての思いを、小気味よいまでびしびしと打ちつけている。主題を貫く力があるのは強みであろう。観念を出来るだけ具体的にあらわす努力が必要で、その意味で最後の二首は大事である。

昭和56年8月号

古川静夫　鹿児島

あと幾年守りゆく畑ぞ鍬とれば老いしそびらに花の散りくる
新しき麦稈帽子かぶりつつ耕す老に風は清しき
暴落の芋をまた植う山畑に老鶯のしきり鳴くなり
芋植ゑて帰る夕の坂径にすひかづらの花甘くただよふ
我執すでに消えしと思ふ湧くごとく炎ゆるがごとき五月の森に

歌はその人の人柄の出たものがよい。人柄は生活を歌ったものに出易い道理だが、鈍く歌ってはただの報告に終ってしまう。細やかに心を澄まして、生活の中の哀歓を、感動のよすがとなる事物に寄せて、端的に歌いあげるのである。

特選古川氏の五首は山畑に働く老人の境涯詠である。この畑仕事は一人でするのであろう。働く作者の囲りに人影はなく、作者は孤独に、黙々と山畑に働いているが、その寂しさがまた親しい感じで、やや隠者めいた生き方が、狷介にも傾かず、自己満足にもおちいらず、静かに自分の置かれた位置のありのままを見つめているのがよい。労働を歌って観照の眼が行きとどき、穏かで気息が充実している。二首目、「新しき麦稈帽子かぶりつつ」も、それをかぶる自分を老人として意識しているのが、にがく、かつ微笑ましい。三首目の「暴落の芋」という句をみても、作者はきびしい現実に眼をそらしてはいない。それでいて全体としては隠逸の気がただよい、花も鳥も興をそえて、和ましく、救いのある境地を現出している。

魚の血のにほひを纏ひくる君が一番客にてわが前に立つ
魚の血に汚るる紙幣を預金して君の勤しむ自転車行商
残業に入りて荒める感情をかくし合ひつつ一つ燈に寄る
旧かなに正字にかへり行く世とや聞き出づる街ふた分かれゆく
算木もつ易者の手許ほの暗く吾れの未来をしばしあやつる

伊吹　純　愛知

遠慮なくものを言って、歯切れのよさが魅力である。作者は預金係といっても市中銀行ではなく、信用金庫か農協の感じで、働く者への共感にあふれている。表現について確かな考えをもち、またそれを実行しうる力倆を備えている作者と思われる。

老足を励ますごとき声もでて歩道橋上がる人の居らねば
学生ら下校時なればつぎつぎに同じ向きにて歩道橋通る
試すごとつのり吹く風背にして河口に沿ひて老いの帰り来
散歩より帰れる部屋の畳には夕日さしをり留守居せしごと
老いてゐて何も出来ねば仏壇に朝晩寄りゆき線香ともす

増田伝市　愛媛

老を歌って独自の作品を見せる作者で、歩道橋が大きな役割を果たしている。弱った足をはげます日々の生活が目に見えるようである。四首目、結句は問題があるが、誰もいない自分の部屋に、帰って来ると夕日がさしていたというのには、感じがある。

近藤千鶴子　福岡

平穏のけふ信ずべしテーブルに朝のミルクの湯気立て居れば
方形のエレベーターに降りゆく聞く人のなき呟きひとつ
あすの天気を電光ニュースは流し居り旅を終へたる夜更けの駅に
かすかなるおとづれに似て耳の鳴る夜更けの風呂にひとり浸れば
荒々と鏡の前に歯をみがく祈りをもたぬけふを終ふると

とり立てて言うほどの不満ではないにしても、作者の中には或る不充足の思いがあり、それがさまざまな形に、またさまざまな陰影を伴って表現されている。感覚に新鮮さがあり、透明感がある。エレベーターや電光ニュースなど、都市の風物がよく生かされている。

栁本澄子　大阪

うつそみのいのち染まるとおもふまで今年竹青き石仏の径
必ずや岐路には在す石仏に踏むまどふなく山をめぐりぬ
子よここに遊んでゐたのかよびかけて淋し地蔵の許なる童子
あたたかき水子地蔵のまなかひに遊べる女男の童像かなし
石組は流れとや見むこの寺の紫陽花の藍豁に溢れつ

神秘感があり、他界感がある。それは歌われている内容が山寺や石仏にかかわるためだけではなく、作者の意識のありようとして、そう感じられる。三首目はことにその特色が出ている。技法もしっかりとしており、結句の納まりのよさは凡手ではない。

福田文子

鋤きし田に水導かれ水の帯ひろがりゆけばそこも夕映え

夕近き峡の道ゆき降る雨とわが靴の音ききつつ歩む
代田充ちて水の匂へる夜となりぬ村のともし火水面に映えて
かがまりて畦に憩へば目の高さに馬鈴薯畑の白き花揺る
明け易き陽は窓染むる遅覚めに筒鳥の声高く近しも

岡山

しっとりと歌われており、また美しいものを美しく捉えるいい目をもっている。一首目、田に水が入りはじめ、次第にひろがり、そこに夕映えがうつるというかなり複雑な状況を巧みに詠んでいる。「そこも夕映え」は放胆な歌い方にみえて、ぴったりと納まっている。

苧環に雨ふるけふは割る竹のやや湿りつつ鉈のかろしも
帰らざる壮年の日よＦＭに藤沢嵐子タンゴを唄ふ
卯の花の咲きそむ頃は籠編みて皺める指に血の透きて見ゆ
揚げ榻の煮込めるそばを妻と食む梅雨近くして寒き夕を
歌びとといふにはとほき詠み草を救ひとなして竹職に生く

榎本一介
栃木

作者の竹細工業。その生業をたて糸に、季節や気候への繊細な感覚をよこ糸にして、的確に生活感情をうたいあげている。「苧環に雨ふるけふは割る竹のやや湿りつつ」云々は技巧では及ばない把握で、こういうところを大切にしたい。

田草取る蟻蠓除けにいぶす火を檜山の驟雨くだり来て消す
狭間田の草を取りつつ蟻蠓に刺されし瞼重く腫れたり

木澤長太郎
秋田

継ぐ子なく売る当もなき峡間田を月の出るまで老いの草取る
やうやくに田草取り終へ石仏に預けし笠をいただき帰る
草取りに疲れし妻は黙しつつ厨にたちて夕の仕度す

老いたる農夫の歌。四首目は独特の味というべきもので、剽軽で脱俗的なところがある。この歌境は意識しすぎるといや味になるおそれがあるだろう。沈潜を心懸け、興がったり自意識を働かせすぎたりしないことである。五首目は平凡に見えるがこれでいい。

別井時子　和歌山

奥能登の小さき駅のひともとの遅き桜はさびしげに見ゆ
揚羽蝶の家紋をつたふる邸宅をいづれば輪島の水田はあをし
ちさき苗植ゑたる水田の畦に咲く金鳳花の黄はかるく揺れゐる
坂下の神社の鰐口ならす音きこゆる宿りにはやく目覚めぬ
波蝕せる岩に坐りてあそびをり彼方に沖津の島あるといふ

奥能登の旅の一連。ていねいに見て、ただていねいに見るだけではなく、自分の眼で見ているのがよい。歌の調子が軽くならないのもよい。五首目は写生そのもののようでいて、そこに一種のふしぎな気分がある。同じことは、多少とも他の歌についても言える。

土井昌子　広島

朝の雨つめたき浜へ下りゆきて波間に青き巻貝拾ふ
嫁きし娘を想ふ浜辺や海風のきりぎしに白くとべらは咲けり
しあはせははかなきものか霧雨の浜に揺れゐる忍冬の花

単線の朝の電車が霧雨の海辺の丘をゆくを見てをり
佐田岬遠くかすめり南の指宿の海に吾れは来て居り

旅の感興を、土地の風物によせて印象ぶかく歌い上げている。主観と客観の兼ね合いがうまくいっているが、客観を主とした四首目などがよい。三首目の上句は、主観が型で処置されてしまった。力のあるこの作者には、その欠点はわかっている筈である。

大澤白水 東京

吾が踏める土もなるなり初夏の鎌倉八幡の長き参道
睡蓮も夢ゆ醒むるかまろき葉は重なり合ひて陽に照りにけり
興亡の歴史を秘むる武士のたちし寺庭かくぐみ鳴く鳩
弥陀仏を釈迦牟尼と詠まれしかの歌も吾れには親し露坐のみ仏
天つ日の耀ふ中に全き身をうかばせ給ふ大きみ仏

やや古風だが、がっしりとした骨格を感じさせる連作である。三首目「釈迦牟尼」と呼んだのは晶子。露坐の大仏は釈迦ではなく阿弥陀仏ということで問題になったが、そのままで通っている。二首目は一種夢幻的な感じがあり、この歌があって連作に活が入った。

藤田よし 大分

子の建てし家見むと来て利根川の長き鉄橋始めて渡る
海かともまがふ牛久の沼見えて子の住む町の駅に近づく
父母の夫の在らばと思ひつつ息子の新居胸あつく見る
移り来て共に住まむと言ひくれし言葉を胸に子の新居去る

逝く春の東京駅に孫子らと別れ夜汽車に眠らむとする

平明な歌柄で、取立てて特色というものはないが、子の新居をたずねた母親の逐一が克明にうつされている。「父母の夫の在らば」は「父母の在らば」「夫の在らば」の意でうまい言い方である。順を追って歌い、均衡がとれすぎているのが、かえって物足りない。

木村美紗子　宮城

夜ふかく訃を伝へ来し受話器置くかかはりのなきこと思ひつつ
若き日に共に棲みにし叔母逝けり老いたる日日を吾は知らざり
通夜の席にもその生きざまを語られをり叔母には叔母のかなしみあらむ
宥されしこともひとつの悲しみとなりゆくらむか逝きたるのちは
夜の峠登りきて街衢見下しぬ奥津城もまた灯のうみのなか

叔母の死を歌って、立体感が出ている。その悲しみは父母ほど直接的ではないので、或る余裕をもって叔母をめぐる種々の面に思いを馳せている。立体感といったのはそのことである。五首目の下句はことに作者の力倆を示すもので、その把握には詩があり人生がある。

昭和56年9月号

木村とみ子　千葉

復員の虚脱をながく持ちて来し夫なり還暦の酒に酔ひ給ふ
ささやかな祝ひの席を持ちくれし子のつぐ酒の卓にこぼるる
贈られしカフス釦とネクタイピン灯りに夫は幾度そ見る
不器用に生き来し夫か卓上にこぼせる酒を拭くときおもふ

子と酔ひて支へられゆく夫の後を小さき影をひきて従き来ぬ

うまい歌がいい歌とはかぎらない。うまい歌はいい歌であるべき道理だが、そうとはかぎらないところに歌のむつかしさがあり、また、おもしろさもある。

いい歌とは何か。こころにひびく歌である。こころにひびく歌は下手な歌ではない。下手な歌のようにみえても、こころにひびく歌は下手な歌ではない。うまい歌にもこころにひびかない歌がある。本当はそれを、うまい歌といってはいけないのであろう。うまい歌は、いい歌でなければならない。

特選木村とみ子さんの五首、夫の還暦を歌って、その祝いの日の情景が目に見えるようだ。目に見えるように具体的に歌って、そこには夫婦の歴史があり、子供の成人があり、そのようにして築いてきた家庭のいまがある。そのよろこびを、もっともよろこびとして嚙みしめているのは、妻である作者その人であろう。その気持が、ものかたちとしてよく出ている。卓上に夫のこぼす酒も、妻にとって意味をもっており、それを表現するのが短歌というものである。ことさらに技巧を弄せず、それでいてただの素朴というのでもなく、鋭敏に感動を物のかたちとして摑んで、無器用に生きて来た夫にたいする妻の愛情がよく出ている。

近藤千鶴子　福岡

頰紅のはつか残れる夜の鏡白衣を脱ぎて戻りし部屋に
灯の下に洗ふあさりの音立てぬおそき夕餉に夫を待たせて
鎮痛剤の効きたる頃か患者より電話なければ灯りを消しぬ
窓口へ挨拶に来ぬ涙ぐみて老人ホームにあした入ると
透明に電話ボックスともりたるわたくしを呼ぶひとなき道の

生活を歌って、その働くところが医院というやや特殊な場所であるために、一種の憂いというか、疲労というか、そういった翳りを曳いている。多く夜の歌だが、それは仕事から解放されて、自分を取りもどす時間だからだ。清潔でひっそりとした感じの一連。

正岡玉子　愛媛

帰り来て喪服たためば俤のありありとして涙をさそふ
逝きし娘の夢いつまでも見てゐたり目覚めて心重き暁方
逝きし娘の歌折々に詠みゆけど心晴るると云ふにはあらず
夕されば如何にあらむと母の亡き幼ら思ひ厨にたちぬ
忘れたき事のみ多きを耐ふる日よ梅雨降る窓にしばしよりゆく

嫁いだ娘が幼い子供をのこして亡くなった。その嘆きを歌う母親の深刻な一連である。いたずらに詠嘆するのではなく、その詠嘆の一つ一つを、ていねいに、もののかたちとして表現している。沈潜して歌い、悲しみがしずかに伝わってくる。

栩本澄子　大阪

擦れちがふ車窓に手を振り学生ら青嶺はるか入りてゆきたり
崖腹を道は危ふくめぐりつつ木曽路は今し花栗の季
落葉松にきつねのもとゆひ吹かるるを仰げばあはれはろばろと来し
這松の低き平を雪渓に真向ひゆけば吸はるるごとし
林越えて閑古鳥啼けりみづ藍に霧うすれゆく旅の朝明け

木曽の旅を歌って、どこか仙境にいざなわれるようなはるかな思いがある。旅心というものの根本を押えたような作品であろう。俗塵をはなれて、作者はいのち延ぶる思いがしており、また、そのまま どこかへ消えてしまいたいような憧れに胸を洗われている。

継ぐ子なく売る当もなき狭間田を月の出るまで妻と草取る　木澤長太郎 秋田
峡に湧く清水に田草取りし手のほてり冷やして夕べを帰る
曇り日の風の澱めば蠛蠓の群れは草取る瞼まで刺す
農をうとみ離り住む子の便りには金少し貯めしことも告げ来ぬ
蠛蠓を避けむと腰に吊るしたる火縄を昼のにはか雨消す

農業にもいろいろあるが、これは近代農業からとおくはなれた、わびしい農業である。短歌はしかしそういう生活を歌うのに似つかわしい形式であり、作者の発想にもかなり手慣れたところがある。時代おくれの生活であるが、それがかえって懐かしさをささそう。

あかつきの未だ目覚めぬ幻の中にひびきて斑鳩なくこゑ　内田民子 東京
清やかに声とほりつつ谷へだて郭公啼けば現わすれぬ
くもり日に額紫陽花のさきみちてそこにのみ陽光の残れるごとく
風にゆるる栗の花穂の稚くて香りは未だほのやはらかし
からたちの緑ふかみていつしかに新芽の棘もかたくなりけり

山荘での作であろう。郭公や額紫陽花や栗の花を歌って、それが単なる叙景に終わらないで、その一つ一つに作者の心の色といったものがうつっているのがよい。やわらかい歌い口のなかに、鋭敏に作者の感受性がうごいているのである。

北山つね子　東京

たゆみなくバッグの内にて時刻みゐたる時計と思ひ手に巻く
オフィスに支払ひ受けむとわれは立つ異質の空気うすくまとひて
わが会釈に応ふる経理の人の眼の微笑すぐ消え錯覚に似る
われ独り乗りて扉を閉ざしたるエレベーターにて姿勢を崩す
受取りし手形・小切手入るバッグ身に引きつけて晩菜を買ふ

一首目は時計をしまい忘れていて、気がついて、途中で取出して腕に巻いたのであろう。商人の暮しのその商いにかかわる人情の機微や気を張って生きる日々の哀歓が、生彩を帯びて描かれており、懸命に生きるその姿が共感を呼ぶ。

江藤正拾　大分

流木の日に乾きゆくにごりゐにゆふべ人去りし足あとのあり
霧の夜の白き埠頭に別れたるひとりのことも思ひ秘めつつ
死に向ふ思ひはひとり言はざりき君送る夜の白き街路樹
問はるるまま詩を捨てし過去語りしが暗き弾圧の日は告げざりき
わづかなる心の領域を守りつつ夕闇の運河に沿ひて歩めり

内省的ななかにロマンチックな情念をたたえた一連である。「暗き弾圧の日」は戦前戦中のことなのであろうか。作者について知識がないので事実にまで思いが及ばないが、一連は全体として回想の上に成っているのかとも思う。美しく一筋に心が徹っている。

故郷に向かふ高速バスに居て幼な日の記憶あはあはとたつ　本間秀子　新潟
若く逝きし父眠る墓と手を触れぬ石温かし陽も温かし
この墓に老母おくる日までは生きたしと癌を病む娘の我が祈りぬ
墓参せし証にと墓に散り落ちし杉の枯葉を老母に持ち来ぬ
父眠る墓より持ち来し杉の葉の捨てるに惜しく幾日か過ぐ

「石温かし陽も温かし」は、率直であり、端的である。また三首目「癌を病む娘の我が祈りぬ」は深刻であり、哀切である。老いたる母、病をもつ作者、亡き父、この関係を父の墓参に集約して、しみじみと思いの深い一連である。

ふるさとの栗の古木に花房の咲き匂ふらむ父の忌近し　関きよ子　東京
こやみなく雨降る昼を嫁ぎたる娘に電話するとりとめもなく
嫁ぎたる娘にも分けむと今年もまた谷中の生姜甘酢に漬けぬ
ささやかなわが菜園にむらさきの茄子の花咲き雨降りそそぐ
ドクダミの白く小さき花群れる坂をのぼりぬ悔一つ持ちて

主婦の生活の歌。平穏で波瀾がなく、「悔一つ持ちて」と歌っても、深刻なものとは思えない。そういう生活の中で、季節や、死者の思い出や、他家にいった娘のことなど、小さな日常のアクセントを過不足なく表現している。

実のなりしマンゴー並木の道ほそく真菰の中をつらぬきてゐる　別井時子

和歌山

満潮に逆流をするといふ川の中洲の草生に白き鳥よる
いくたりの持主の印おされゐて台湾に古き掛軸つたはる
玄奘の舎利を拝みてくだりゆく道辺に茘枝うられてありぬ
雨気ふくむ異土の朝に茎たかく咲きたる蓮花の池をめぐりぬ

東南アジアの旅であろう。記念写真的にならずに、一首一首、思念的ともいうべき作者の眼にとらえられた風景が再現されている。個性的で線つよく、それでいて略筆の効いた風景である。

陶山恵嗣子　佐賀

うすら陽の雨のはざまを吹かれつつ蓮葉はおなじ向きに反りゐる
委託せし田の面は水の張られゐて空と木立をかはらず写す
水無月の森寂かなり青笹の翳より風は冷えて立ち来ぬ
描きし後惜しみて挿木せし薔薇の息づきてをり雨後の日溜り
昏れなづむ宮居の濠のはな菖蒲咲きそめの色あはき光に

きれいな細い線で描かれた風景画で、一種幽暗な気分がある。見どころがしっかりしているが、見どころよりは心の勝った歌柄であろう。この作者には、草や木の言葉がきこえてもふしぎはないような気がする、といえば大げさになるだろうか。

縣　裳代　大分

降る雨に若葉ひかれる庭中の落葉たまりて夕べを匂ふ
梅雨さめの日もまた楽し職退きし娘のゐて仕事はかどりてゆく
雨あとの土のさやかに湿りゐてさつき花散るこの夕庭に

くちなしのあえかに匂ふ夜の庭亡姑のむつきを干しし日沓し
憂きことの一つはなれぬ老われに孫より旅に誘ふ文来ぬ

生活の年輪を感じさせる作者である。五首のなかに、亡き姑の思い出があり、職を退いた娘と家事に精を出す歌があり、孫から言ってくる旅の誘いの手紙がある。主婦として立派にやって来た人の落着いた歌の世界がここにはある。

昭和57年7月号

阿井植男　東京

梱包の荷数座敷に増えゆきて孫らと別れ住む日近づく
幼らは越してゆきけり昼闌けて屋内にひびき時きざむ音
幼らのこゑを聞くなき昼にして本に向かへる心おちゐず
起き出でて来る幼らもあらざればしじまの長き朝が過ぎゆく
春重くそこに逝かしぬあかあかと椿は根方に花を累ねて

投稿者の年齢は一般的にいってかなり高い。これは短歌人口の年齢が高いことに比例している現象で、短歌の将来を考えると心寒いが、ともあれ現在の短歌を支えているのは孫のある世代だといえそうである。

特選はその孫のある世代の、孫との別れの歌である。いままで一緒に暮していたのが、父親の勤めの都合で移って行った。その前後の生活を歌って、感傷に流れず、しかもしみじみと心の出ているのがよい。一首目、「梱包の荷数座敷に増えゆきて」と具体的に捉えて、そこに避けがたい別離の情を託している。二首目は老人だけになって、時計の音が耳につくようになった。「昼闌けて」は何でもないようだが、うまい。「ひびき」はすこし強すぎるかもしれない。三首目は勉強ずきの作者の生活が出ている。居ればうるさいと思うこともあるが、去られると淋しくてならないのである。四首目、いい把握で実感がある。五首目は気分が主となっているが、下句は見るものを見て歌っている。一体に模範的な連作で、連作であるから一首一首を取出してみるとやや独立性がうすく感じられるかもしれないが、けっして独立性をうしなうことはなく、きっちりと要点が押さえられている。声調も安定感があり、静かに言葉を運んで、緩んでいない。

栩本澄子　大阪

植杉の山のなぞへの昼たけて笹生摩りゆく風のきこゆる
涯とほく霞に消入る街道あり車体らしきが折をり光る
やや遠き尾根の桜を鴉らの出で入る見えてそのこゑ懈し
杉の谷のひとつ水音に生ひ育つ深山かたばみ延齢草の花
夜半より雨となりたりくぐり来し童仙房の花も散るべし

感覚の鋭敏な作者で、視覚も聴覚もよく働いている。そして何よりも調べがよい。写生を主とするというよりは、繊細な心に入ってくる光や音に、その心が美しく響り出しているようなところがある。巧みさにおいて、今回第一等の作であろう。

別井時子　和歌山

連翹の黄の鮮らしき家すぎて熊野古道の細道に入る
水禽園に飼はるる鳥は糠雨に濡れつつ羽根をしきりつくろふ
花の寺訪ふ道のべに吊られたる提灯にあかり入りてにぎはふ
漸くに暮れたる畑の燃えつづく炎あかりに人の顔みゆ

花終へし桜をうつす潦朝の道をわれはすぎゆく

主観を殺して歌っているが、作者の主観というか、個性というか、どこかあくの強いものが感じられる。一首一首独立した歌で、季節のほかはとくに関連するところはなさそうだが、共通する印象力というものがあり、歌い放しにせず、念入りに、押え込んでいる。

内田民子　東京

咲き満ちし桜花に一日の雨嵐いたみのつのる音を聞きゐぬ
一夜荒れし朝は地にまみれたる花びらふみて出でゆかむとす
容赦なく降りにし雨か流れゆく水夥しき花びらうかす
散りそめし桜花はかなめばいちはやく新葉一様にみどりを萌す
葉桜となりし梢の下つちに蕚くれなゐの彩にちりしく

散る桜を雨風のなかにいたんで、心をつくしている。心をつくして、それを目のあたり見る情景として歌っている。「花びらふみて」でも、「水夥しき花びらうかす」でも、また花に替ってたちまちほぐれる青葉の、かえって荒涼を増すさまも、景であり、心である。

榎本一介　栃木

男体に雪襞見ゆる毛野原を吹く風寒し竹割き居れば
自転車に竹籠積みて行く坂は永き通ひ路山桜咲く
商ひてしばしを憩ふ峠路は雲往きやまず鶯の啼く
出稼ぎて昼静かなる聚落に籠編みて生く戦後沓けく
未熟なる子を旅立たす思ひにて敗北の歌をポストに落す

ロボットで作業する現代の工業からみれば、この手工業は如何にも牧歌的で、しかも当人にとっては生活の手段としてきびしい現実である。山村の中に、頑固に、また寂しく、己れを持して生きる作者を包んで、自然はやはり、じつに豊かだといわねばならない。

入船か出でゆく船か真夜中の海霧おもおもと地ひびくドラは
客おくる夜更けの街灯滲めるはさみしとおもふなりはひさへも
ほつほつと芽吹けるリラの雨あがり雫をふふむはみな花芽なり
しらみそむる蕾さきふる枝々を寒もどりしてみぞれが濡らす
群がりて咲ける椿を手折るとき冬を越えたるかろき実の殻

里神久美子　岩手

客商売の作者であろう。そういう歌には生活の哀歓が出ているが、また三首目、リラの雫が「みな花芽なり」といった、発見のもつ明るい驚きも大切にしたい。椿の花を折ろうとして見付けた「実の殻」も手柄である。仮名づかいに注意したい。

竿の先にとり残されし矢車が思はぬときに廻りはじめぬ
雨もよふ夕べあたたかく青桐のあをき木肌が光りて見ゆる
若き日に読みし早稲田の講義録捨てかねて永き歳月を経ぬ
電柱にのぼりて工事する人の帽子夕日に照りてまばゆし
けふもまた恙なかれと朝早く仏間に入りて線香ともす

大平碧洋　秋田

確かな技法をもち、また題材をどこにでも見つけることのできる目のよさをもっている。三首目は時間の厚みをもつ一首で、この歌は目のはたらきを主とする他の歌とはすこしちがうが、「早稲田の講義録」と具体的に言い取って、しっかりした把握を見せている。

遠山のしろきはさくら籠り居の夫のいたつきいゆるよしなし
思ふさへ罪としばりて来しおのれ身の痛きまで今は愛しむ
ほのかなる想ありしがみづからに制御をしつつ終にをはりき
悪者にさいなまれゐし夢をみつこの設定はいづこより来し
花の昼大仏殿に詣できぬ夫の遺影をバッグに入れて

金平志可 岡山

桜の歌二首。一つは夫が病み、一つは夫はすでに世にいない。このあいだには少くとも一年の時間の経過があるのであろう。そして秘め、押し殺して来た愛の告白。衝迫をそのまま声にしながら知的な処理もそこにあって、無造作に見えて、なかなかの手腕である。

楽しまぬ一生を終へし母よ母よ寂しき顔を夢に見せ給ふ
長病みの父に運ばむみそ汁をつぎつつ母の何泣きてゐし
嬉しげにただに珍らにバナナ食べしかの顔かなし遠き日の母
あかぎれの手は腫らしつつ病むわれに鮴の刺身をつくりくれし母
帰り来しわれに眼を開け常のごと名を呼びませり死にゆく母が

紺　正助 大分

亡き母を夢に見て、それに触発された一連。感傷の歌だが、一つ一つ、思い出の中から実体を摑み出して、気分だけの歌に終っていない。五首目、「眼を開け」て、「常のごと名を呼」ぶのは迫真的で、哀切をきわめ、母を憶う情がことによく出ている。

土井美也子　大阪

春の疾風すぎゆくときを渦なして散れるさくらの白きはまりぬ
葉桜の木もれ陽の海よ風吹けば煌めきて杳き日が帰りくる
丈高き老山桜烟るごと花をまとはむ故さとの山に
しろじろと樹はひかりつつ枝々に花噴かせいのち溢るるいまを
声あらぬ幾千の唱聞ゆなり桜ふぶけり心経誦せば

感情の高まりのままに桜に向い、呼びかけるように桜を詠んでいる。感情が徹って、湧き立つような歌い方のなかに透明感がある。一首目、「渦なして散れる」の把握はよく、どの歌にもそういう把握の眼目のようなものが出れば、さらによい。

高林未央子　東京

青光る麦の穂波の眼路遥か塔鋭角に天を突くなり
安らぎて身を浸すなり薔薇窓のあやなす翳と光の中に
聖母子像の傍へ の蠟の灯の影が老のすずしき瞳にもゆらげり
寺かげのリラ咲く坂ゆふりむきてゆくりなく見し街のパノラマ
文豪の墓尋めくればわびしもよ花鉢枯れてふたつ置かるる

独自の視角をもち、もっと言えば独自の世界を持っている。視野が鮮明で、色彩感があり、ともかく新鮮である。最後の歌は下句に見どころはあるが、やはり平凡。最初の歌のようにぐんぐんと歌う方向を望みたい。初めの二首がよい。

昨日今日むし暑ければ椎茸の一斉に吹くこれのハウスに
こんもりと茶色つやめく春の茸あまた掲げて息づく榾木
藤棚と隣れるハウス出で入りにその藤波を仰ぐことなし
寡婦汝が担ひて運ぶ榾の数傍へに何もなし得ず吾は
出荷せむ今日の春茸の多ければ娘は夜更けまでパックしてをり

松村かめ子　大分

椎茸づくりの歌。「寡婦汝」というのは娘であろう。その娘が主として働いており、働く娘への思いやりをとおして歌い、それが作品に陰影を与えている。三首目の景を詠んだのも、五首目の労働を詠んだのも歌い得ている。「こんもりと」はやはり歌をよわくする。

故しらに嫌ひし卒寿過ぎ去りて我は九十一歳になりにけるかも
卒寿とはたが言ひそめし我友を奪ひし年ぞ吾は越えたるに
辞書くれば卒寿の卒はあなあはれ四、五位の人の死を言ふとあり
耳順こゆれば老ゆるは速し老の身は喜寿も米寿も夢の間にして
祝ふ者おほむね若く祝はるる我は老いつつ死に近づくを

若林孟夫　東京

高齢者の歌。九十一歳というのも異例だが、歌はその高齢の一種無惨ともいうべき心境を伝えて、危うげなく、思い深く、かつ飾りなく詠み据えてある。土岐善麿氏が最晩年、どこをみても自分より若い者ばかり、と嘆かれたのも思い合わされる。尊むべき五首である。

昭和57年8月号

氏神に早苗を供へをろがみぬちちのならひを革むるなく

向後重太郎

となり田の畦の方より折り返す吾娘田植機にげんげ付けをり
田植せずわが家も早く鯉のぼり立てよと母にせがみぬ孫の
堰池のまこも揺らして苗箱を濯げる吾娘の背に疲れ見ゆ
さみどりの早苗を植ゑて水張りし棚田それぞれの形に光る

千葉

生活詠はその人の生活態度というものが出ていないと、もの足りない。といって、その生活態度が観念として出ているのではいけない。生活態度は、その人の生活そのもののかたちとして、出ていなければならない。

特選五首は作者と娘と孫より成る生活のかたちが田植時の農事をとおして丁寧に詠まれ、ただ丁寧なだけではなくそこに作者の寂しいような、懐しいような心が映っている。

一首目、「供へをろがみぬ」は「供へ」だけで「をろがみぬ」の方は省略出来るかもしれない。供える早苗の状態がもう一歩具体的に捉えられればさらによい。二首目は「となり田の畦の方より」と細かく描写して、もちろん中心は田植機に付いた「げんげ」にある。作者の眼は「げんげ」を見つけるが、それは風流などとは何の関係もなく、作者の心は「げんげ」をとおして働く「吾娘」の上に注がれている。三首目、頑是ない孫の言葉を心に痛く受止めている。娘は中心の働き手であるらしく、まして田植どき、鯉のぼりを立ててやる余裕などない。四首目、上句の写生がまことによい。そして下句、老いたる作者は娘の背中に手を合せたいような気持でいる。危惧があり、無事、田植が終ってほしいのである。五首はその田植が無事に終った田の眺めである。安堵とよろこびがあるが、その主観を三句以下の状景に託した。「さみどりの」という枕詞にちかいような早苗の形容もさわやかでよい。

しなやかにすりぬけてゆく子の髪の艶やかに見ゆ夏立つあした　木村とみ子 千葉
やはらかく芽吹く葉群の木洩日に佇つ子のいまだ紛れぬ青さ
手触るれば壊れてしまふ汗ばみし掌を伝ひくる子のぬくもりは
泪のあとかわきゐる子としばらくを夕べの椅子に対きあひてゐつ
倖を淋しきものと知りし日よ炎のごとき西空の雲

母子抒情といった一連。語の運びが伸びやかで、ちょっぴり不安のまじった喜びの感情がおのずからなる息づかいのうちに歌われ、かつ、詩情充分の作品である。「しなやかに」と「艶やかに」、韻きの似た句を二つ重ねるのはやや無造作な感じがある。

軽く腕を振りつつ人ら街をゆけりたなごころみな鎧はぬさまに　栩本澄子 大阪
中之島の剣先のみどりおもおもと上げ潮どきの川面ふくらむ
いち日の勤め終りて帰るさの橋の上あはく潮の匂へり
睫毛ながき幼な日の友偲ばせて未央柳の花ひらきたり
老づくといふ悔しさの是非もなく知らされて若きらの中に働く

いい感覚の作者である。「たなごころみな鎧はぬさまに」は鋭い。そして生の不安が出ている。「中之島の剣先のみどり」というのもやはりよい把握であろう。都会に働く人の繊細で傷みやすい心が、一首一首、それぞれのかたちをみせて表現されている。

アキレス腱切りて運ばるる夫に添ふ街は夕べより夜に入りゆく　木村美紗子

入院の荷を作りつつしばしばを眼鏡の置き処わが忘れをり
病院へ夫を残してバスを待つ夜の衢に信号眩し
帰りきてひとりの家の厨辺に水を飲みをり何するとなく
夫の怪我にうろたへ居りし自らを寂びしみてゐつ夜半の厨に

宮城

夫の怪我による身辺の慌ただしさを歌う。命に関わるほどの怪我ではないので、慌てながらもそこにおのずから心の余裕があり、変事が生活の刺戟になったおもむきである。類型化しやすい作品内容だが、思わぬ生活の変化による妻の戸惑いに特色がある。

原爆死の夫に捧げむ病身に鞭打ちて詠みし〝ヒロシマ悲願〟の歌　伊藤ふたゑ
今こそが被爆者の言ふべき刻ならむ核は根こそぎ人をほろぼすと
被爆者の命はもろし急ぎなむ相たづさへて非核訴へむ
被爆者われやがて逝くべし〝ヒロシマ〟の一念のみを此の世にとどめて
生贄となりにし夫よ隣人よ〝ヒロシマ悲願〟成就させ給へ

福岡

切実な声が歌になった。訴えないではいられない心のうちを訴えている。短歌の常法からいえば具体性に欠けるうらみがあるが、この訴えの句々が真実の声にほかならない。身をもって核よあるなと叫ぶ声が、一筋の、祈りの声となって流れ出た。

人はただ見守るのみに粉は練られ裁断れてうどんになりゆく過程　秋山安子
豆腐十万食一日の生産賄ふは中国の大豆茫大な畑を思ふ

東京

納豆はアメリカ豆腐は中国にたよる我等豊かさのうちの貧しさも見つ
食品検査所前庭にある池の鯉夏めく日ざし乱しよりくる
「おばあちゃん十年は若返るよ」と注がれて幾ばく青味ある豆乳を飲む

オートメーションによる食品工場を見学しての作。散文化の傾向のつよい作品で、内容といい、発想といい、女性の作者としてはめずらしい作品であろう。破調で、その上ブツブツ切れるような作品でありながら読者を誘い込むのは、相当の力倆あってのことである。

小山むべ　岡山

雨やみて野辺の真澄に赤く透く野火の揺らぎに子を憂ひゐつ
ひつそりと鈴蘭終り卯の花の咲き出づ　見しは夫とわれのみ
最も言ひたき言葉抑へてしたためし夜は息苦し百合の香りの
赤芽樫透きて萌え立つこの日頃休みゐし子が登校はじむ
雨あとの柔草引かん楽しみを奪ふか夫は除草剤を言ふ

子供にかかわる嘆きを主として歌っている。どういう嘆きかはあまり具体的に言わないで、野火、赤芽樫（柏?）や、百合の香りに託して歌っている。短歌の発想としてはそれが正統的なのである。悲哀感のなかに強いもののあるのが感じられる。

田中順子　宮崎

日没は我が下にあり飛行機は北の白夜の国に入り行く
四階のホテルの部屋に籠りゐぬハイデルベルグの雨のあしたに
かへで葉の生ふるあたりに哲学の道しるべありなかば倒れて

罪人の血潮流れし石畳ローテンブルグのあかつきを歩く
足音は我のみなりき街角にヤコブ教会の鐘に振り向く

北欧旅行に材を求めている。新しいことではないが、この作者の固有の眼といったものが比較的よく出ているのがよい。知的な作者で、いい感覚もあり、抑制の効いた表現のなかに、孤独でいくらか自閉的な感情が籠められている。

栗田美代　千葉

幼くて父母と詣りし墓径をひとりたどりぬ父母より老いて
しじ枝の五月若葉の耀へば父母のみ墓は孤独にあらず
ふるさとの愛宕の山に入らむ日や赫き一期に会ひしこの旅
夕ぐれの大和大路の魚屋に魚焼きてをりわれは旅人
椎の花夜を匂ひ来てひとりなり壮なりしものはるかになりぬ

久し振りに故郷に帰り父母の墓に詣でたときの歌。悲哀をしずめつつ、ただの感傷に終っていないのが手柄であろう。一首目、「父母より老いて」がこの歌を成立せしめている。弾力のある声調もこの作者の特徴として注目したい。

小谷味世　三重

飲み水の検査に来れば校庭の蛇口より子らは生き生きと飲む
水質検査に来たる藤咲く分校にゆくりなく逢ふ教師の友と
白衣着てフラスコ持つ掌に若き日のふつふつ還る水質検査に
量りたる水に試薬を加へをり器具の音たち言葉すくなし

水質の検査終りし夕暮れに白衣をぬぎてコーヒーを飲む

やや報告的な歌だが、報告に終らず、詩情をたたえている。水質検査という技術的分野に働く特色を生かして、特殊でありつつ特殊に傾きすぎないその現実感覚は確かだと言わねばならない。「若き日のふつふつ還る」とあるが、まだ若い作者なのであろう。

菊池尚子　岩手

教生を終へし息子が生徒らを語れる言葉常なくはずむ
優しさを誰より承けしや障害児らまこと愛しと子の告げて来ぬ
愛せよとの夫の言葉に励みゐむ障害児教育に就きたる吾子は
この夕べ慣れぬ手つきに盥もてシャツ洗ひゐむ独り住む息子は
諍となるらむ夫との気まづさをとりなしくれぬ息子の帰りきて

母の愛情と愛着のよく出た一連である。息子が一人前になって、特殊学校の教師になって、よその地に独りで住んでいる。母の心はつねにその息子の上にある。最後の二首がよい。夫も教育者なのだろうか。そして少し、頑固なのかもしれない。

榎本一介　栃木

さつき雨霽れたるけふをかがやきて鉄線咲けり籠編む庭に
復員によろめき帰る疎開地に雲雀は天に囀りてゐき
余裕なくはたらき老ゆる戦後なり雑草の上に梅雨の雨ふる
行商に疲れてもどる隠り沼に水に映りてあやめ咲きをり
急逝の友に弔歌を捧げ来て逝く水迅き施無畏橋越ゆ

竹細工を業とする。作り、また売りにも出る。戦場の辛い体験をもち、思いはつねに戦争と敗戦に還るところがある。「余裕なくはたらき老ゆる戦後」は実感であり、その実感に立って生活が営まれている。心情にも、写実にも、何か徹したものが感じられる。

古川ともえ　熊本

囀りは飼はるる鳥か野の鳥かバス待つしばし風にのりくる
籠の鳥は五月の風に翔びたしと言葉もたねば耐へつつあらむ
咲き終へし花摘みとるはさながらに老いし吾が身を鞭打つごとし
白鷺の水面を低く翔びゆきて川洲にくだるまでを見て居つ
白川は水底の砂の見ゆるまで澄みてさやさや風渡るなり

一体に丁寧に歌って、見るところ、感じるところがはっきりしている。三首目はその感じ方が表現の上でことわりの方に傾きすぎた傾向がある。「老いし吾が身」とあるから若くはないのであろうが、一連、抑圧された思いのなかにも、憧れを失わない作者が出ている。

昭和57年9月号

高野勇五郎　栃木

むなしかりし青春の我が未通女なる妻問ひし日のはるかなるかな
みちのくの旅の桜がきよらかに妻の上より降りし思ひ出
亡き妻の未通女なる日を愛しみし遙けき人に逝きにしを告ぐ
信じたることはなけれど或夜の衣を返し寝ねにけるかも
亡き妻が植ゑにし竹の筍がのきばを越えて竹にならむとす

亡妻恋慕の歌である。毎号つづいて詠まれている中で、今月はまとまりもよく、気持も徹っている。

相聞と挽歌はよく似た性質のもので、うったえのもっとも切なる歌口であることを特徴とするが、違いを言えば、相聞の声は相手にとどいても、挽歌の声は相手にとどかないことであろう。挽歌における相手との距離は絶対である。この一連は挽歌だが、抒情の質からいえば仮りに相聞挽歌とでも呼びたいような清純な甘美さを持っている。死別から或る期間を経て、悲しみの傷を思い出が癒しはじめているのである。いい思い出のみを残して亡くなった妻なのであろうが、それが可能であったのも作者の人柄によるところが大きかったと想像される。そういう人柄を感じさせる一連である。

一首目はやや物足りない。一、二句に具体性を持たせることを要求したい。「なる」や「る」が多いのは一つの調子としてこれでよいと思う。二首目「妻の上より」は「妻の頭上より」の意だがもう一つというところ。四句は工夫の余地があるだろう。この歌は細かく歌わない行き方で、大雑把なように見えて気持は徹っている。三首目、かなり複雑な内容をよくさばいて、説明に終っていない。生きている人に、思いを頒ちたいのである。四首目は、衣を裏返しにして寝ると夢に出るという俗信がある。五首目はもっとも具体性がある。結句、原作は「竹ならむとす」。調子は悪くなるが改めてみた。「雨ならんとす」などは成立するからよいようなものだが、やはり気になる。

紺　正助　大分

重く暗き時代を言へり杳き日の面わ重なることは秘めつつ
いつの日かまた会ひたしと告げしのみ風死にし庭の晩夏のひかり
ほのかなる想ひに似たり昼を来て森ふかく咲く木槿に対ふ
海に降るあめ音もなし逝く夏の傷みは聴かむわれのこころに
老醜の己れをうとみゐたる日の木槿はきよし森ふかく咲く

抒情性と思惟性のほどよい調和があり、説明的なものをこえている。しっかりした自分の方法をもち、技術をもつ作者である。改作がいいというのではないが「逝く夏の挽歌」はあぶない。また自分の調子がマンネリズムにならないように警戒したい。

木村美紗子　宮城

山峡の小さく形ととのはぬ水張田に散る春のひかりは
黒き石数基が竝びそれぞれに影をひきをり山のおくつき
火の見やぐら立ちゐる村を過ぎしより程なきなだりこぶし花咲く
山毛欅若葉やうやく稚くなりゆきて山の高みにバスは至らむ
翁草呆けながらに群れそよぐ幽けきに降るひかり寂しむ

山里を過ぎ、山を越えて行く旅で、感興がよく出、目がよくはたらいている。そしてどこか寂しさが一連にゆきわたっている。単なる物見遊山とはちがう気分である。「幾山河越え去り行かば」の感じで、より細みを感じさせる。

榎本一介　栃木

三年を植ゑねば原野に還るとふ休耕の田に水鶏巣籠る
反核の署名求めて来しひとの挙措虔しも二児の母とふ
栗の花散りつつあらむ真夜を啼く郭公の声ひそかに韻く
植ゑ終へし人ら出稼ぐ田の畦に季誤たず夏茱萸熟るる
銃執りて三度征きたる日の杳く鄙に老いつつ竹籠を売る

山村に住み、竹細工を職とする。そういう稀少価値ともいうべき生き方が歌の上に非常に好ましいかたちで出ているのがこの作者である。今回は職業の歌は最後の一首だけだが、農村生活や農村風景への目くばりは、足が地についているのを思わせる。

北山つね子　東京

地下茶房の小暗き池をめぐり来し鯉は灯光の下に浮き出づ
さりげなく言ひつつ心計りあふ刻過ぎゆきてのみどの渇く
対きあひて会話とぎるるしばしばを呟きに似るソーダの気泡
微笑みてもの言ふ人の笑はざる眼と思ひゐて会話終りぬ
別れ来て地下深き駅のエスカレーターなだるる如くわが降りゆく

心理詠の部類に入る詠風で、歌われている場所も、歌われている心も、都会的である。幸福よりは倦怠があり、平安よりは不安がある。「地下茶房」「地下深き駅」、地下という語にも心理的なものが托されている感じで、一連、無理なく詠みこなしている。

陶山恵嗣子　佐賀

雨過ぎし昼さむく居り窓の外は栗の花穂の白くうつむく
長く病む友手づからの花苗木のうぜんかづらわが庭に伸ぶ
友よりの入院の知らせ読みゆけば聖パウロをうたふ歌にて終る
また一つ泰山木の花ひらきおほき花冠に蜂ら籠れる
降らざれば耕土のしろく涸きゐて空あをくあることの淋しく

特別の風景、特別の状況が歌われているのではないが、それでいてよく作者が出ている。内省的で憂愁のかげりがあり、清らかで傷みやすい。三首目「聖パウロをうたへる歌にて終りぬ」は簡潔にしてみた。二首目四句「の」を省いた。調子を引緊めるようにしたい。

村田千枝子　東京

流行語の幾つかも覚え吾子よりも若き子を同僚とよびて働く
吾子よりも若き子に仕事の手順など教へつつ職退く来年を思ふ
髪染むることも怠りて長びきし風邪にこもれば老いし吾が顔
孫を叱る吾れに反撥の眼を見せて娘は無意識にその子を庇ふ
一碗の茶をすすりつつ竹群の梢わたりて鳴る風をきく

気持も情景もよくわかる歌である。職を引くのも間近になった自分と自分の周囲を、確かな眼で見ている。四首目、複雑な情景と心理をよく歌い得ている。祖母たるもの、祖母としても母としても淋しいのである。そしてまた無理もないと娘を宥している。

古藤富美枝　福岡

テーブルの本のゆがみを直しつつ夫は窓辺の椅子に寄りゆく
体調の整はぬ日の黙ふかき夫おもむろに寝返りを打つ
視聴力衰ふる故の寂しさか歌などやめよと夫は呟く
八十路ゆく気骨崩さぬ夫に添ひ辿りて行かむ夕かげの道
あやまたず歩み過ぎゆくわが一生夜の底ひに湧く愛しみよ

一首目、上句は特別の意味はないかもしれないが、巧まずして把えている。夫の性格がそこに出ているが、そういうふうに立入って受取らなくても、味わえる。「寝返りを打つ」もそうだが、一首一首、把えているものがある。「夜の底ひに」にもそれがいえる。

中風の母を看取りし日々思ふ弱りし父の襁褓替へつつ
いまはまで吾が呼ぶ声にうなづきし父は穏しき顔に眼つぶる
亡骸の父に付添ひ病院を出れば目に沁む夾竹桃の花
夾竹桃今年も赤く花咲きて父の忌日のま近くなりぬ
写経して疲れし眼安めむと紫陽花に降る雨を見てゐつ

藤田よし　大分

父の死を回想している。丁寧に、具体的に歌って破綻がない。力のある作者だから、ここらでもう少し自分を出すように、大胆に歌うことを心懸けたい。写経の歌があるので言うのではないが、臨書から一歩出たい。そうすると力が生きてくると思う。

村角の桑葉はやばや刈り取られカーブミラーの明るく写す
耕耘機に積まれし桑の葉揺るるたび朝の光をこぼしつつゆく
梅雨止まぬ畑一面に桑枝の切り口しらじら曝されてをり
稚蚕所へ桑籠負ひてゆく老の自負示すがに足どり確か
常暗き小屋の灯され蚕飼ふ人影せはしくゆらぐが見ゆる

砂長節子　群馬

達者な作者である。見るべきところを見、歌うべきところを歌い得ている。その上でいうのだが、才気を押えたい。バリバリ歌うのをいま少し緩くしたい。鈍くではなく、緩く。「桑葉はやばや刈り取られ」この調子が浮いていることがわかれば、大いに期待できる。

透析を受けていで来る弟と木洩日のなかゆつくり歩む

木村とみ子

そむきたる子故に己れ灼くごとく弟よ飲めぬ酒を飲みしか　千葉
腎臓の移植手続済ませしと家いづる吾れに弟は告ぐ
いつまでも手をふりくるる弟は少年の日のままにて佇てる
透析のこと聞きし日もサルビヤの朱照りてゐきまなうら熱し

何か人生の辛さを知ってしまったような作者である。それでいて純粋さをうしなっていない。一連は厄介な病気を持つ弟を歌って歌は五首だが、その背後にながい心労や不安のあったことをうかがわせる。弟への愛情の並々でないこともこの作の力である。

青柳江津　茨城
かがよひし夕茜すでに薄れゆき舟一つなく湖暮れんとす
蜆かく小舟のいくつモーターの響き伴ひ朝の湖ゆく
相寄りて余命いとしむクラス会に狂へる友の癒えざるをきく
共に宿るこの日の幸か枯葦の原に夕陽は紅薄く刷く
一年を待ちて集ひし夜の明けを覚めゐて友の寝息ききをり

或る年輩に達した作者で、一泊の同窓会を歌っている。湖畔の風景、級友の消息、また会合のさまが素直に歌われ、そこに生きる感慨が托されている。これだけ歌えればよいとしなければならないが、欲をいえば表現の上に自分が出るように勉強を重ねたい。

古川静夫　鹿児島
歩行不能となりたる吾が老妻に手をとられつつ歩む病棟の廊
命ありて今日始めての試歩の道若葉の風が吾を追ひくる

一本の杖にすがりて辿りゆく試歩路の彼方ひらけ未来は
拍手して迎へくれたり病友は始めての試歩より帰りし吾を
夏菊の香りただよふ病室に試歩の疲れをいたはり合ひぬ

病気を克服し、機能の回復に勉めている歌。回復のよろこびを歌い、命のあったことに感謝し、恨みっぽくないのが気持がよい。「試歩路の彼方ひらけ未来は」というのもその向日的な気持がよく出ている。素朴だが一首一首いい把握が見られ、初心の素朴さではない。

昭和58年7月号

北山つね子 東京

芝目読む話に興ずるごとくゐて夫と業者の商談成りぬ
納期急ぐ型の作図に励む子の咳くこゑの夜更けて聞ゆ
至急の型組む槌音の響くなかわれは複写伝票を力こめ書く
走り来し特急便の運転手の声さやに荷を担ぎ駆け出づ
納品を終へたる週末工員の身の弾むごとシャッター降す

活気のある歌の世界を見せてもらったという気がしている。

ここには夫がおり、子がおり、作者がいて、家族が一体になって、仕事に励んでいる。家族のほかに工員もいる。特急便の運転手もいる。そういう人たちが皆、生々とした表情をもっている。

五首揃うことはなかなかの難事である。それは投稿者の誰もが身に沁みて感じていることであろう。この五首は、楽々といった感じに――実際はそれほどでもないだろうが、その難事を成し得ており、作者の力倆の並々でないことを思わせる。

こういう労働を歌う作品に沈潜を求めるのは見当ちがいである。活気があればよい。実際、この五首は臨場感に満ちている。読者を働く場に誘い込む。具体的だからである。ただ具体的なのではなく、機敏に要点を押えて具体的なのである。そしてそこには心理の機微さえ写し出されている。
それにしても、ここに歌われている家内工業的な労働の場の、何という人間的なことであろう。私はロボットが主導する大企業の工場内の様子を想像し、そこではどんな歌が生れるかと、この作品を読みながら思った。生産性は低く気苦労も多いのだろうが、一家と二、三人の工員よりなるこの時代おくれの労働の単位を、いちがいに停滞と割切ってしまうこともならない証言のような一連である。

高倉龍子　福岡

赴任せる老人病棟に若葉雨降りてことなき一日終る
足萎えの患者の歩行訓練をしてをり窓に若葉照る見ゆ
アカシアの白き花房ぬらしゐむ夜の雨聴き病棟巡る
別れたる夫のもとへこでまりの白きをかかげ子は出かけ行く
総身の羽逆立ててふくらめる抱卵の鳥猫をにらみて

看護婦さんであろう。看護婦としての職場を中心に淡々と生活を歌って、印象はさわやかで、かつ鮮明である。淡々としているが、曖昧ではない。素直な心が、無理なく、具体的に身のまわりのものを写して、清潔感の出ているのがよい。

宮尾皎子　高知

娘らの残せる雛を月遅れの春の休みにやうやく飾る
雛の箱に胡粉こぼるる娘よりあづかりて飾らぬ年を重ねつ
眉揃はぬ戦後の雛を虫喰ひて木地のままなる台座に据ゑぬ

髪少しほほけて冠載りがたき女雛の主の娘も三十路なる
娘らはみな借家住みにてひきとらぬ雛はとどのひがたくなりゆく

雛人形の歌。古い雛人形を歌うのは、それがおのずから作者の過ぎて来た歳月の証しだからである。単なる過去の回想ではなく、雛人形を目の前に据えて、雛人形をして語らしめているのがこの作品の手柄であり、力である。

末の子の思ひは長き真未通女の姑にならず妻は逝きにし　高野勇五郎　栃木
八年を待ちし婚儀のその前夜子は我と寝ね語ることなし
末の子の結婚式に抱き来し妻の写真が生けるがに愛し
さはやかにからかはれつつ旅に出づる未通女の妻を吾子はいたはる
うら若き瞳の妻に似る人の舅になりぬやもめの我は

一首目、「姑にならず」のあたりがいま一つで、この一首のために特選に推し切れなかった。「うら若き瞳の妻に似る人の舅になりぬ」はこの作者の真骨頂であろう。亡き妻を歌い、歌いつづけて、情いよいよ深い。そして、ここに局面の展開がある。

空の真澄に染まりしごとく濃淡の藍に流るる奥多摩の川　内田民子　東京
ゆく水は帰ることなし橋に凭り見下ろす吾の孤独をさそふ
遥かなる眼下にして岩をかむ白きしぶきは音伴はず
谷川のきりぎしに生ふる灌木の芽ぶきゐて谷は萌黄にけむる

無人駅のベンチに息へば身にふれて清らなりけり風もひかりも

奥多摩の風景が、ただの風景としてではなく、いわば心の色として歌われている。写生がおろそかにされているのではないが、正確に写して、そこに心が写っているのが一連の特色である。景と心は寂しく澄み、浄福感がながれている。

木村とみ子　千葉

夕映に桜の花のかがよひてゆく沢水の遠くきこゆる
散る花の中に人在る思ひしてふりむけば不意に泪あふれ来
うつむきて従き来し花の季ありき学徒兵にて還り給はず
掌にとればかすかに色の滲みゐて春のいたみにゆるる花びら
闇ふかく散りゆく花の一樹あり漠々とただそこのみ白し

調べもよく、把握にも確かなものがある。春の痛み、それが桜の花の揺りいだす戦時の人の追想となって、歌の奥行を深くする。「散る花の中に人在る思ひ」「うつむきて従き来し」の句、大切。初めの三首がよく、あとの二首は雰囲気が勝ちすぎたか。

土屋みどり　東京

双眼鏡沖に向ければ突堤にうつ向き坐る男映りぬ
波の音鳴る筈も無き貝殻の耳飾り買ふ渚の店に
砂浜に紛れて白き流木は拾ひし母の骨の如しも
もやひたる釣り舟の名をそれぞれに読みつつ海のかけ橋渡る
松原に画架立てかけて画く人の肩近くまで鳶舞ひ下る

個性のつよい作者であろう。歌われている対象は奇もない海岸風景だが、そこから作者が取り出してくるものには、何か作者によって意味づけられた或る雰囲気が感じられる。今後の方向としては、出そうとしないでも出る自分を、押えるくらいで丁度であろう。

華園正子 山形

死ぬ時は死ぬがよく候と法話せし夫は一言も遺さず逝きぬ
火葬りの夫の柩に添ひゆけり牛ら草食む河原の道
楽焼に憑かれし如き晩年の夫の孤独は亡き後に知りぬ
病名を知りつつ寡黙に逝きし夫か雪崩轟く夜半を覚めゐる
十五代住職を継ぐ吾子は早春の京都に剃髪の旅立ちしたり

夫の死を歌って、平凡にならず、一般的に流れず、独自性を示しながら、印象つよく歌い据えている。最後の一首が散文的で、これもまた一つの技巧にはちがいないが、やはり落差が目立つ。「死ぬ時は死ぬがよく候」は良寛。三首目、烈しいものがある。

大木千代 福島

心おもく孤りこもれる日の夕べ亡夫の残せし薬すてたり
寡婦となり得たる自由の虚しくて掬ひし水の光りこぼるる
悲しみの澱の如しもたたみたる喪服のしわの未だ消えぬは
亡夫を追ふ自殺の記事を思ひゐるひとりの夕べ細き雨ふる
気負ひつつ孤りに耐へて雨の夜亡夫の時計をてのひらに置く

亡き夫と遺された自分の位置を、さまざまな角度から歌っている。歌い方がていねいで、一首一首、独立性を保って、五首全体としても、しっかりした構造をもっている。悲しみや自失の直接性よりは、そういう作品化の配慮に力の見える一連である。

送電塔山をなだりて果つるところ湖を浄むる処理場の立つ　田中英雄　長野
水を浴びその水飲みし少年の日の湖の透き通る青
水鳥の卵探して舟漕ぎし真菰の原も葦群も無し
夏来れば青粉の臭ふ湖端を観光客は顔そむけ行く
三次処理の汚水のニュース熱く見て湖甦る日をひたすらに待つ

諏訪湖の現在を、批判の眼をもって歌っている。そこに生れ育った人の批判であるゆえに、過去との比較があり、比較は悲しみを呼ばないではいない。一つ一つ証拠をつきつけて歌うといったやり方で、その訴えには真情が出ている。

帰り来てひそけき厨に誰がために炊くにもあらぬ魚割きてをり　玉木ふみ子　東京
敷石に散りしさくらの花びらが雨後の門辺に昏れ残りゐる
繻子のごと照りし水面に吹雪きつつさくらの花の散りてたゆたふ
雨やみし黄昏の道靄たちて外燈の灯のうるみて点る
蕗の薹すでにたけたる野の道を思出手繰りつつ人訪ひゆかむ

静かに、気持のとおった春の歌である。四首目、外燈の灯のうるみとか、一首目、誰がために料理するでもない魚とか、そういう感情や感覚の結節点のようなところを大切にして歌いたい。結句が調子の上で弱くならないよう、息つよく歌うことも要求したい。

タイムカードに捺されて今日も工程に部品の如く組まれて動く　武藤義幸　山梨
ベル鳴れば資材倉庫の片隅にひとり来て吸ふ短かき煙草
下請けの仕事の日日に減りながら機械の一つ今朝は止りぬ
組合旗立てて列ゆくこの日にも関はりのなきこの町工場
すでに我が体臭となりし重油の匂ひ今宵もひとり町の湯にゆく

労働のかたちもいろいろだが、ここにあるのは不充足感や倦怠や不安である。或る一つの固定した視角がやや気になるが、最後の一首は生活のにおいそのものを的確に、孤独感として表現している。「資材倉庫の片隅」というような丁寧な押え方が作品の力である。

エンタープライズの巨体が核を誇示しつつ被爆のわれに近づききたる　伊藤ふたゑ　福岡
被爆者は諾ひがたし利に聰く原子力空母歓迎すといふを
蟷螂の斧といふとも振り上げて被爆者抗ふ空母寄港に
有無を言はせぬ態に空母は被爆者の抗ふ眼前に巨体横たふ
非核三原則被爆者の恃みとならざるかエンタープライズの巨体はだかる

被爆者として、訴えつづけている作者。そのなりもふりもかまっておられるか、という切羽詰った思いが言葉に乗り移っている。叫び声だけでは歌にならず、スローガンも歌ではないが、その二つの間の隘路を、一気に駆け抜けて作者の声を伝えている。

昭和58年8月号

内藤　亨　福岡

菜の花の咲く土手水に写りゐて霧雨けぶる架橋工事場
出勤を急ぐ乙女らゆき交ひてあした華やぐ仮橋のうへ
臭ひつつ湧き出る底水工事場の電動ポンプは休みなく吸ふ
頭《つ》は蔭に足は陽なたに伸ばしつつ人夫ら若葉のしたに昼寝す
架橋工事いまだなかばに麦熟れむ季ちかづきぬ出稼ぎのわれ

出稼ぎで架橋工事に従事する作者の生活が的確に把えられている。作者にとって出稼ぎは、給金稼ぎのためにする不本意な労働力の提供といったものではなく、むしろ、在所を離れて日を送る一種自由な生活の新鮮さに心を楽しませる機会として受け取られているようなところがある。そういう意識のありようが、この作品に伸びやかさを与え、晴々しい気分さえ与えているように思われる。

一首目、架橋工事場などというものは殺風景なものであるが、作者はそこに菜の花の咲く土手と、その土手にうつる川水との映発する黄の美しさを見出している。工事現場なればこそ、この景色が生きてくるのである。二首目、仮橋ということで、情景が生々としてくる。三首目、取り立てて特徴のある歌ではないが、「臭ひつつ」という何気ない一句に働きを見逃してはなるまい。句の意味はべつに重くはないが、歌が厚くなる。四首目、「人夫ら」の中に作者もいることが一首からだけでもわかると、もっとよい。この四首まで、作者は傍観者であってもかまわない歌い方で、そこにやや不満がのこる。五首目、故郷では麦刈の仕事が待っているのであろう。そして麦刈のあとには、田植があるのであろう。作者は出稼ぎの終るのを惜しんでいるようなところがあり、また心はしばらく見ない故郷へと、飛んでいる。

賤ガ岳にのぼるリフトの足の下ふれんばかりに著莪の花さく　別井時子 和歌山
新緑となりし山すそめぐりきて湖岸は藤の花さくかをり
ゆふぐれの余呉湖の水際のさざなみに葉桜とともにわが影ゆらぐ
雨あとの湖北の水田に淡き影おとしてゐたる稲架もくれたり
遅咲きの桜おほかた散りてゐる湖北のひと夜かはづの声す

旅行詠は通り一遍になりやすいが、この一連、しっかりとものを見、ねばりづよく言葉を置いている。一首目、三首目の下句、把握しているところがある。「藤の花さくかをり」の「かをり」も、そこで一種の屈折をみせて、余韻をもって納まっている。

廃業の届を出せし曇り日よこころに深くふる雨のある　山河敏秀 岡山
斗桝《とます》にてお米をはかる要領を父より継ぎしは昭和のはじめ
今はもう使はずなりし一斗桝はたきかけつつ父の偲ばる
掌をふれて見るは懐かし一斗桝継ぎたる業を老いてやめる日
父上の植ゑたる柿の芽ぶく家去らむ決意のしじにみだるる

家業の米屋を廃める歌。作者は老いて、あとを継ぐ者もないのであろう。父の代からの店を閉め、住居も移そうとしている。晩年になって迎えた人生の大きな節目に、感慨無量といった思いが、単なる感慨に流れず、読者にも納得がいくように詠まれている。

保ちゐし古葉地におとし安らげる月桂樹あり夏さらむとす　高林未央子

空しさに耐へ極まれば散りいそぐ古葉にもこころ寄りゆくあはれ　東京
はからひは捨てむとおもふ捨て切れず春落葉掃く雨もよふ朝
埋みゆく刻の重みを畏れつつ卓に香らす黄の花があり
急かれつつ己れの刻を割き紡ぐ恃む未来があるとなけれど

春の落葉をわがこころの対応物として把え、その主観と客観の均衡と緊張がみごとである。時間に敏感な作者は無に向う落葉に詠嘆しつつ、頽廃はなく、透明、かつ聡明である。二首、四首目がよい。三首目は理が勝ち、一体に理を先立てぬ用心が肝要であろう。

長野より発信の図をファックスに受けをり彼の地は杏子咲く頃　北山つね子　東京
幾度かファックスに図を送り来る長野の人の面ざし知らず
さゐさゐと紙擦る音し図を受くるファックスの機種の旧くなりたり
ファックスの受信用紙に印しゆく図形心電図の乱るるに似る
買ひ換へむ金策の思ひ打ち消してファックスの受信終はる鋭き音

模写電送という比較的新しい機械を歌って、もちろん機械を歌うのが目的ではないが、生々と、忙しく働く作者の生活が目に見えるようである。明確に、しかも無味乾燥におちいることなく、状況を活写する作者の力量は相当なものである。

みいくさを餓ゑも死なずにいま在りて湯けむりうすき朝の汁吸ふ　向後重太郎　千葉
やはらかき芒をそよがせ朝の間に穂の出の麦の青を匂はす

きぞまでは株のままの田均らされてさみどりの苗水にゆらげり
やうやくに田植ゑ済みたる吾が娘をば旅に行かしめ苗箱すすぐ
登園の孫を見送るを慣ひとしけさは緑の雨に濡れて佇つ

一首目は戦後ながきいのちを思う歌。以下、娘と孫と、農業と。その生活をいたわりのこころをもって歌っている。見どころが的確で、その見どころには思いが添っているのがよい。「やはらき芒をそよがせ」もそれで、この一首、厚く歌われてしかも詩情がある。

紺　正助　大分

かすかにも病室の窓白みきて今日のいのちをわが禱るなり
激痛に堪へて思はず発したることば幼な日の方言のまま
死の近き母をば言はず病む妻に病むわが電話短く終る
捨てられし襤褸ぎれのごとく老い三人泌尿器科病室に口開け眠る
非常口表示の青き灯のみ見えて病廊長し夜更けて佇てば

読むのが辛い一連である。作者も妻も老母も病気に苦しんでいる。作者は痛切で、また痛烈だが、この断言のいさぎよさには濁りはない。二首目、闘病の断面をよく把えている。意識の行きとどいた、隙のない歌い方で、これに余韻が加われば申し分ない。

南出政朋　和歌山

箱苗の仕立手順に妻も馴れ気のやすらけく籾を蒔きをり
案じゐし籾の芽生えの揃ふらし白き面の苗箱を積む
箱苗の等しく芽生ふやうやくに色も揃ひぬ十年目にして

山里の今も守りゐる苗代田湛へし水は緑を写す
近江路は田植終りて苗の青里をめぐりて山へのびゆく

ゆったりとした感じの農事の歌である。十年目にして、ようやく箱苗の生長が揃ったなどいうのも、この慌ただしい世の中では救いのように聞こえる。四首目、苗代はいまは少なくなったが、ここでは昔どおりの農法が保たれている。水に写る苗の緑がすがすがしい。

あやめぐさ挿みし軒端の朝光にすがすがとして爪を切り捨つ　高野勇五郎　栃木
夕餉終へひとり見てゐる早春のテレビの空は遥かなるかな
亡き妻の外に二三のをとめありき憧れしのみにてその後を知らず
在りし日の心をたづね墓石をその心にぞ建てむと思ふ
かすかなる心音聴きつつとこしへに食ふこと無けむ蕎麦を約しぬ

妻を亡くして、孤独な作者だが、亡き妻は心のなかに生き、作者は精神の瑞々しさをうしなっていない。二首目、孤独のなかにこの発見があり、憬れがあり、詩情がある。五首目は亡妻の死の直前を回顧したものであろう。不可能を約束するのも、愛情である。

新若葉に風のすぎゆく並木路葉ずれの音もやはらかにして　内田民子　東京
澄む空に浮きつつ流れゆく雲の途にそのかたちかへゆく
風荒ぶ杜のもなかはざわめきの潮騒に似て果なくさびし
絶えまなく風わたりゆく栗の梢葉裏かへりて一樹は白し

電線に触れて伐られしえごの枝の地に堆し花にほひつつ

よく見、よく感じ取っている。三首目、厚い青葉のざわめく杜の中に立つと、原始人のようなよるべない寂しさに連れて行かれる。「潮騒に似て」は比喩ではなく直観である。「果なくさびし」もこれでよい。「触るれば」は「触れて」としたが、いま一つか。

池上一男　熊本

水枯れし湖《うみ》の底ひに見ゆるもの藻草の青はそよぎてゐるも
展示会にあふるるばかりの花ひらきわが洋蘭はいまだ幼なし
一斉に芽ぶかむ春を待ちてゐて線画のごとき冬木を仰ぐ
めぐり来し春の光はここにさし海老根の芽ばえ蕾を抱く
手のとどくところに本と眼鏡ありこの安らぎに今日の灯を消す

一首一首、感動の中心があって、ていねいに歌っている。言葉の使い方に無理がなく、素直に歌いながらそこに詩が感じられる。四首目やや弱く、上句もう一押しすべきところであろう。「線画のごとき冬木」は摑んでいる。五首目、人生の懐かしさを感じさせる。

大澤白水　東京

かろやかに足柄よぎり海にのびし巻雲の群にもゆる夕光
足柄も箱根も霧につつまれて頂きのみの白き夕富士
足柄に紫紺深まる夕時を波よする芦名の隅ぞ寂しき
梅雨ぐもる空の下びの相模灘はるかに立てり城ケ島灯台
まとまらぬ愁なれども一人ゆけば掩ふになやましき青葉の匂ひ

大景を詠むのはむつかしいが、一連、その大景に迫って、力をつくしている。足柄より海にのびる巻雲の群、その夕映え、白い頂上だけをのぞかせる富士、等。題材にとくに新味はないが、敬虔に、けれんなく詠み据えている力を買いたい。

井上菅子　山形

母としてなすべきことの少なしと子と手を繋ぐ菜を買ふひまも
昨日熱く握られてきし掌に今日は幼の手を曳きあそぶ
青菜摘む量を競ひて幼子の声が吸はれてゆきしあを空
ポップコーンのにほひまとひてもたれくる紛れもあらず吾子の重み
峠一つ越えゆく勇気なきいまは春の花摘む母の手子の手

女の立場と母の立場との心の揺れを歌う。奔放に、ほしいままに生きるのではなく、子の前に後ろめたさを意識している母としての姿勢が印象的である。子に対する母の切ない思いが、実感をもって美しく歌われている。詩的だが具体的な把握にも欠けていない。

昭和58年9月号

大木千代　福島

ゐのころ草白く乾ける径ゆきてひとりとなりし保険証受く
細りゆく亡夫携へて歩みたる径に今年も赤ままの咲く
白萩は咲き萎えて風にこぼれたり地に還るものなべて優しく
死の際に夫の給ひしいたはりの言葉支へに今日も生き継ぐ
亡夫の歌卒業せよと人の言ふよぎる蜘蛛さへ呼びたきものを

亡き夫を恋うる歌。挽歌は相聞とともに短歌という抒情詩には本流で、それだけにどう歌っても類型になりやすいところを、自分に引きつけて着実に、心を籠めて歌っているのがよい。一首目、それまでにも夫がいなくなったことを改めて感じさせられる機会は幾度もあったと思われるが、ここでは下句、ひとりだけの保険証がそれである。二首目、花は人間に歳月を思わせるために咲く。まして喪の心にいる人にとってはそうである。一首目の「ゑのころ草」もそうだが、この「赤まま」はとりわけ、歳月そのものとして歌われている。「細りゆく」という回想も切実である。三首目、「咲き萎えて」は丁寧でよいが、下句はやはり類型的ということになるだろう。四首目、幸福な作者だと思う。最後のいたわりの言葉が作者を生かしているのも、それまでの長いいたわり合いの生活があってこそのことであろう。五首目、もっとも感心した。この下句は、直観であり、祈りであり、調子の上では気合いのようなものである。短歌なるものの表現の恩寵はこういうところにある。この歌はたぶん、一気に出来たのではないかと思う。この作者の声調上の欠点は結句が弱いことで、斎藤茂吉の歌などをよく読んで勉強してほしいが、五首目は下句、凛として、徹っている。

水を張る田の面に映る空深しみなづきの風に青あをと揺る　　高野勇五郎　栃木
ままとめの動脈が指に触れて来る力強きを愛しと思ふ
亡き妻が歌に詠みにし豆腐屋にその夕暮の妻を聴きたし
春の日にけぶる筑波嶺の下を過ぎ嗚呼なきがらに会ひに行くなり
従兄の骨埋めむと掘る墓の新しき土かなしく匂ふ

いのちの歌。自然を歌っても、死を歌っても、そこにいのちが感じられる。三首目は何ともいえず気持のこもった歌で、懐かしく、あたたかく、かつさびしい。作者にはありありと、その豆腐屋に立つ妻がいまも目に見えている。いのちの歌である。

木村とみ子　千葉

暗き雲千切れて速き彼方より広がり続くコンビナートあり
対岸に朝の富士見ゆ頂のわづかなれども日にかがやける
人工の干潟の朝の明けゆきて餌を漁り来る水鳥の群れ
忘れ来しものあるごとし橋桁に赤きボールがたゆたひてゐる
油浮く海は虹色に染まりつつ入りゆく夕日長く重たし

自然が破壊され、人工の景物がところを占めてゆくが、作者はそれでも心を荒されることなく、浄心をもって風景を詠んでいる。視野鮮明で、把握力にすぐれている。三首目は三句以下、もうひと踏んばりしてもらいたいところ。この作者なら、出来るし、要求したい。

榎本一介　栃木

転作につくりし麦田色づきて竹編む昼を遠く雷鳴る
草籠をとどけ帰るさすがすがと尿《しと》放ちたり鴨跖草《つゆくさ》の咲く
何ゆゑに老いて籠など編みゐると夢にやさしき父のまぼろし
はたらきて苦労の末の晩年を歌にそそぎてわが救ひあり
娶りしは七つ違ひに若かりし髪ほの白く妻のねむれる

老境の歌である。そして分に足り己れに足りようとしているのが、つつましく、すがすがしく、気持がよい。幸福というものが何であるかを知った人の歌である。「晩年を歌にそそぎてわが救ひあり」も感想に終らず、真情が出ている。

混み合へる朝の電車に揺れてゐる職ありし日の夢に目覚めつ
新聞を落として眠るうたた寝の目覚めて淋し職なき我は
職去りて惰性のごとく生きる日日今日も訪ねく職なき友が
昼の飯茶をかけて食む職のなき我をめぐりて蝿の翔びゐる
ウィンドの大きガラスに我が影のいつしか老いて映るさみしさ

武藤義幸　山梨

永年の職を辞めた人の寂しさ、所在なさが、しみじみと、具体的に、読む者の心に伝わるように詠まれている。離職直後のまだその実感の湧かぬ身は、夢でいまだに職場に通ったりしているのである。一連、揃っているが、初の二首がよい。

ジョギングする朝の奢りに散りしきし珊瑚樹の白き花をふみゆく
新緑に心も染まる如くゆく煩はしきはみな振りすてて
雲払ふごとく揺れゐる杉の秀に宇曽嶺おほふ天定まらず
言ひたきこと一人つぶやく夕庭にむらさき露草花びらを閉づ
かく生きて草むしる身を幸せと老をはげます梅雨の晴れ間を

縣　裳代　大分

懸命に生きようとしている人の歌である。また賢明に老いに処することを考えている人の歌である。ジョギングする積極性をもち、草引にいまの自分の幸せを感じる心の柔軟さを持ちあわせている。一連、調子の上でもどこかふっきれたところがあり、渋滞がない。

水桶に生毛ながらに沈みゐる梅の実淡き光まとへり

古川ともえ

熊本

きしきしと洗ひあげたる梅の実に苛むごとく蜜注ぎをり
梅の実に蜜を注ぎて貯ふとはかなきことにひたすらわれは
梧桐の葉群に降れる雨音と聞きつつ朝を醒めきれずをり
合歓の木はやさしき花をかざしつつ梅雨の晴れ間の風に揺れゐる

生活や身辺に注意ぶかく目を配って、生々としたところのある一連である。生活感情というものが具体的に歌われ、家事に喜びを見出している主婦の日常が目に見えるようである。印象力のつよい、歯切れのよい歌柄を大切にして、進んでもらいたい。

大分　松村かめ子

西瓜提げし網のビニール解きためて子へ送る荷を結ぶとたのしむ
雑草の如き吾かと草引けばひげ根の切るるかそかなる音
忍従の日も杳かにてしわむ手に引く雑草はみづみづ匂ふ
生業の椎茸なれば石付きも損はぬやう爪をもてもぐ
榾運ぶ娘に時鳥しき鳴けど目深き帽を上ぐるともせず

主婦の仕事だけではなく、生業にも手を貸している。そういう生活を苦と感じる立場から歌われているが、長い生活体験は、その苦の意識を超えるところまで作者を導いている。四首目、体験がなければ生れない歌で、一種の批判をこめて、具体的に事実を押えた。

北海道　浜田虎夫

宮沢賢治在すがごとく黒板に「下ノ畑ニ居リマス」と書けり
里人ら智恵子展望台と名付けたり光太郎が恋ひて呼びし所を

天明の飢餓の供養に刻みしとふ羅漢の顔も多く苔むす
復元の渋民小学校低き机に二人掛け椅子置ける親しさ
いのちありて訪ね得にけり賢治光太郎国男啄木のその足跡を

旅行詠、というよりは文学散歩で、その種のものとしては出色であろう。目がよく、それに歌の調子というものをすっかり手に入れて、危うげがない。事実をよく把握しながら、そこには心が添っていて、単なる報告や知識の開陳に終っていないのが、手柄である。

梶野寿人　福岡

簡潔に駅長日誌記し置くことなく過ぎしひと日の果に
雨の中発車合図の灯を掲ぐわれに旅情をみてゐむ客か
弧をかきて列車の灯近づけば警告のベル押しつつ見守る
終列車発たせしあとの二時間余かかるいとまにわが老いゆくか
われもまた客となりたる安らぎに非番となりし電車に帰る

駅長の歌。小駅の駅長であろうか。二首目、乗客の立場から自分を見ているのも、押しつけがましくなく、なかなかよい。最後の歌も主客の反転のうちに安らぎを見ている。職務に忠実な作者の、その実直な勤務のさまが、或る詩情をもって歌われている。

高槻俊郎　福岡

わが棲める舎房は一坪半の坪数にて流し便所も含まれてをり
死刑囚の読経聞えくる舎房にてわれの寡黙な一日がはじまる
握る手を握り返してゆく友の面に煌めくものを見たりき

降りいでし小雨はうすき紗となりて獄舎の壁の色を変へゆく
何時までも待つてゐますと言ふ妻の心にふれてよとせ償ふ

特殊な境涯の人の一連である。「一坪半の坪数」にしても、「獄舎の壁の色を変へゆく」にしても、正確に物を捉えた上で、舎房のうちにおける生活の断面を切り取っている。外部からは想像しがたい世界であるが、その贖罪の日々が、沈潜して歌われている。

鶯津かつ代　福岡

幼くて共に学びしふるさとの寺に住持として友は老ゆ
身の脂失せたるさまに老いませど三部経よむ声たしかなり
美少年たりし面影かへりくる老いてかはらぬ清きひとみに
幾たりの竹馬の友の死をいひて老僧は目をしばし閉ぢたり
寺門への道をせばめて干されたる繭草は匂ふ梅雨の晴間を

古い友、いまは老いたる異性の友を歌う。感傷的になるところを、どちらかといえばさばさばと、明確に歌っている。五首目、寺門への道にところ狭しとばかり干された繭草の写実は的確で、感じも出ており、作者の力を見ることができる。

高添芳子　福岡

腕相撲だれより強き夫なりき骨張りし腕に点滴が落つ
又来るとふり向く我に手を上げてベッドの夫は強ひて微笑む
少しづつ夫癒えゆかむ道の辺に伸びし土筆をやはらかく摘む
諍ひしままに寝たる夫の背に風弱くして扇風機を向く

苦しみは言はず帰らむ老母の小さき肩をやはらかく揉む

病気は深刻なものではなかったらしい。そういうとき、病気は夫婦のきずなを改めて確かめる契機となる。悩みをもつ作者で、「やはらかく摘む」でも、「やはらかく揉む」でも、「風弱くして」もそうだが、そこに作者の優しい心の向きが微妙に映っている。

昭和59年7月号

柵の丸太押し上げて吾れに寄りて来る仔牛の鼻の濡れゐてぬくし　木村とみ子 千葉
腹這へる母牛の乳ゆたかにて仔牛の後を目に追ひてゐつ
一羽づつ下り来て柵に並びゐる烏は啼かず午後の日が照る
長く啼きて母牛ゆけば首の鈴ならしつつ仔牛駈けて随きゆく
丘の上の夕日に向きて佇ちてをり雲も牛舎もわれも染まりて

特選の五首、牧歌的、という感想がうかぶ。それはいまでは極めて稀なもので、また貴重なものである。空想において牧歌的であるのではなく、現実において、日常の生活において牧歌的であることが貴重なのである。作者の実生活を知らないが、作品で見るかぎり牧牛を家業とするのか、あるいは牧場が近くにあってそういう光景に慣れているのであろう。「仔牛の鼻の濡れゐてぬくし」とあるように実際に手にも触れており、また「雲も牛舎もわれも染まりて」の把握も親しく、願わくは作者の牛舎であり牧場であってほしいが、労働のにおいは稀薄だから、牧場を訪ねたときのものかもしれない。のびのびと歌って、親和の気分の満ちているのがよいのである。

語法に特異なものはない。強いて個性を出そうとしている気配も感じられない。新を求めるに急なる立場からいえばあるいは平凡ということになるかもしれないが、私の見るところ、それが平凡ではなく豊かな肯定と充足の世界を提示しているのが、めでたい。そして最後の一首、充足の果てのしずかな寂しさが宰領して、余韻もそこにある。

「柵の丸太押し上げて」「一羽づつ下り来て」「首の鈴ならしつつ」――目立たないが、こういう具体的な捉え方にも、注意しておきたい。

矢島正彦 神奈川

一つづつマスカットの皮むきながら食む妻の態みつつ物書く
塗箸の桶に乱れて浮きゐるを妻病む朝われが洗ふも
職に馴染まぬわれと添ひ来し半生のこの頃妻の病みがちにして
胸うすきわが妻ゆゑに夜の更けを会話の中に脈とりてみる
身の片側濃く翳りたるかなしさのうちなる人を妻とわが呼ぶ

妻の病気という生活の翳りを、陰影ふかく歌っている。初めの二首は具体的にその生活を実写し、三首目で背景を提示し、以下の二首で抒情味を濃くした。一首ごとに味わいがあり、五首全体としての構成にも万全の意を用いている。

榎本一介 栃木

竹仕事休みて遊ぶ陶器市鳩バスが吐く華やぎの群れ
みづら髪いにしへ今に女人俑切抜きし眼のおぼおぼとして
散る花を揉みつつ雪解水迅し窯跡どころつくつくし萌ゆ
春の鳥梢移り啼く西明寺樹の間に一つ雲の動かず
楼門の仁王にさくら舞ひ散れば憤怒の面は花びらまとふ

竹仕事の作者が、ここでは仕事を休んで春の野山や陶器市に遊んでいる。確かな技法で、平面描写に終っていない。春の気分もよくゆきわたって、芯がしっかりしつつ、ふくらみにも欠けない一連であろう。「華やぎの群れ」は、すこしあぶないか。

豊田光子 福岡

凪に色そへて緑の茶を摘めば一日はながし雲も動かず
水張りて代掻終へし苗代田に青くしけぶる栗の花房
燃ゆる雲その没日よりきらめきて眩しきまでに海の平明
母の日に母を逝かしめ鉄線の濃き紫が日々に咲きつぐ
翅を閉ぢ動かぬ蝶のゐる夕べ土の匂ひの沁む身いとしむ

農事の人の歌だが、季節と風景にたいする感受性にいいものがある。無理につくったようなところがなく、素直でかつ鋭敏であるところをよしとしたいのである。二首目「青くけぶる」は声調の上から「青くしけぶる」と改めてみた。

大澤白水 東京

丹沢の嶺に白雲の渦まくを見る日の午後は里に凪吹く
丹沢は紫紺の翳り深くして山襞に白々と残雪光る
峡の水の瀬音はややにたちまさり枯れし尾花に風冷えて吹く
たたなづく峡は夕べの靄ひきて浮きて漂ふ島のごと見ゆ
丹沢の山脈統ぶる夕富士は黒々として西空に立つ

眼のいい作者である。大景を描いて明確を極めているのは力倆というべきであろう。四首目の下句、言葉にも弾みがあってふっくらとした仕上りである。こういう余情が全体に出るとよいと思う。むつかしい大景に挑んで退かない努力を可としたい。

菊池尚子　岩手

熱高きわれを気遣ふ長距離の夫の電話に汽笛入り来ぬ
食欲の出で来し吾に時かけて夫炊きくるる白粥匂ふ
わがために夫が白粥炊きくるる熱に臥す夜に新雪つもる
流感を病みてやつれしわが影をまづしく映す医院の玻璃は
風邪を病み籠り居長きわが部屋の玻璃透かす陽はすでに春めく

生活の中の一つのアクセントとしての病気の体験を歌う。大病ではないのがかえって作品を静かな落着いたものにしている。夫への甘えと感謝、そこに互いの愛情がにじみ出ており、そういう生活の断面が平明に表現され、一首目の下句など、把握のよさを見る。

別井時子　和歌山

昼くらき老杉の下に生ふる著莪小さきつぼみも霧にぬれゐる
城址へのみち落石に閉ざされてひとかたまりのつぼすみれ咲く
のぼりたる高取城址は霧ふかくあそべる子らの声すきとほる
霧ふかくあれしままなる城址にわれは昼餉の熱き茶をのむ
きりぎしの山桜散る下に見え壺阪寺の甍ひかれり

古跡への旅を歌って、着実な表現のなかに幽暗ともいうべき気分がのぞいている。「子らの声すきとほる」なども、この世のものでないような気分がそこに看取せられる。凝視と沈思による旅の一連で、彫琢を経たねばりのある一連である。

団地近く咲きし桜の花かげに若き母等は子と遊び居り　斉藤智子 東京
乳母車押し行く母と嬰児《みどりご》に桜吹雪は光りつつ降る
颪にふぶく桜並木をくぐり来るバスを待ち居り夢のごとくに
満開の園の桜に集ひ来て哀しきまでに人浮かれゐぬ
人去りて静けき園に咲きゆらぐ桜思ひ居り夜半を目覚めて

桜は人を狂おしくするが、そういう花時のただならぬさまを生活の周辺に見付けている。描写の面でもう一歩踏み込みたいところだが、「団地」「乳母車」「嬰児」など、明るさ、晴々しさが画面を塗り込め、あとの二首のもつ哀愁も全体を引緊めている。

背戸山の何処ともなく生れし水門辺やさしくせせらぎてゆく　荒木増雄 広島
わが山に湧きくる水の乏しけれど棚田三反の稲をやしなふ
幾世代貧しく生きし祖たちか生活の水の清くあふれて
わが植ゑし杉の繁りて背戸山の水源深く潤ることなき
春田鋤く耕耘機とめて岩清水口づけに飲むごくごくと飲む

現代離れのした生活環境の中で作者は代々の農業と林業を営んでいる。そしてそういう昔ながらの暮しを大事にし、歌もその意識をもってうたわれている。一種の現代批判の作品といえる。それでも「耕耘機」が入って来ているのは時代だ。三首目、一字を省いた。

逝く夜を吾に看護らせ給ひたる姑はやさしき面輪残して
いさかひ無く共に住みし三十年姑の明るき性に倚りきぬ
わが慰めにすぎずと知りつつ糖尿病に逝きたる姑に梅酒を供ふ
高笑ふ姑の声失せし家ぬちに食慾のなき昼餉をとりぬ
子や孫の三十人に目守られつつ姑を葬りぬ杏はな散る

菊地育子　東京

嫁と姑はとかくもめごとの多いものだが、この場合、実の母にもおとらない親しみを寄せているのが異例で、気持のよい一連である。三十年生活を共にし、この挽歌を捧げられた故人はよほどよく出来た人であったのだろう。亡き人への愛情がしっかりと歌われている。

トイレ待つ間も知らぬどち声かけて親しかりけり浅草の寄席に
電車にて席譲られて居心地の定まらぬまま目を伏せて坐す
幼な児の柄杓持つ手に手を添へて甘茶まゐらす幼なき釈迦に
せがまれて作り話しをするばばの膝に何時しか寝息たつる児
凍土より拉げていでし水仙の芽も立ち直り春陽に伸びぬ

高木澄子　北海道

好ましい人柄のうかがわれる一連。自分を「ばば」と呼んでいるのも厭味がなく、古風で、律儀で、向日的な人生の歌である。三首目がよい。「幼なき釈迦」とはっきり言ったのが、「幼な児」との関係で、生きた。幼な児の手をとる祖母は幸福で、感慨深い。

雑踏のオールド・デリー街しなやかに体かはし過ぐサリーの少女　　根岸美沙子

ガジュマルの木陰に憩ふわが前に縞栗鼠は怖づるなく眼を合はす
小きざみに体ゆすりつつ老人の爪弾くシタールのものうき響き
肋みゆる素足の子らが後追ひて物ねだり来るにすべなし我は
大砂原にいまし昇れる望月のさへぎるものなき全き団円

山形

海外旅行詠というものは報告的になりやすいものだが、この一連、作者の眼は現象の深部にとどいている。あるいは、自分の胸に受けとめた上で作品化している。作者のものになっているのが手柄で、背景に主観が行きわたって、瑞々しさを持ち得た。

青年となりたる吾子の留守の部屋窓より遠く鯉のぼり見ゆ
ちまきひとたば買ひて食ぶるに笹の葉の香のひたひたとわれを取り巻く
揃ひの人形飾るを思ひとどまれば菖蒲を生けむ端午の節句
濫立せるビルの谷間に棲み慣れて小さき庭の青草を抜く
沈丁花の白き花咲くひとところ夕闇の中はつかに明かし

佐々木方子　東京

端午の節句前後の身辺詠である。子供は大きくなり、作者の身辺には平穏のなかに孤独感がただよっている。昔をなつかしみ、仕来りを愛し、つまりは生活を大事にしつつ、そこはかとなき哀愁の感じられる一連である。

昭和59年8月号

八重桜すぎむとしつつ花びらの直地《ひたつち》に敷く神の参り路
みどりごを胸温かく抱《いだ》きゆくつつしみて神の恵を享けむ

内田民子　東京

朗々と祝詞はありて神殿に雅楽は虹の満つるがごとく
うらわかきそのちちははのをろがむを陽光は包む若葉もともに
神の加護を信ずるは嘉し宮まゐりを終へて桜花ちらす風に吹かれぬ

五首を揃えるということがどんなにむつかしいか。投稿者は毎回、身の細る思いをしておられることであろう。選ぶ側も一首が不出来なために上位に採れない残念さを味わうことがあるが、総じて、力ある人は五首揃っているもので、自選能力も力のうちということがあらためて思われる。

特選は孫の宮参りの歌。孫という言葉はないが、みどり児を抱く作者のそばにうら若いふた親がいることからそれと知られる。喜びのなかに敬虔な気持の徹っているのが特色で、あたかも若葉のころの、神域の八重桜の散りぎわというのも晴れやかでいい。

言葉は柔らかく、無理なく、しかも「雅楽は虹の満つるがごとく」などは大胆な詩的直観である。一首目の「直地に敷く」、二首目の「胸温かく」、四首目の「陽光は包む若葉もともに」にも、把握のよさが認められる。神信心をする作者ではないが、慣習を素直に受け入れて、みどり児の幸を祈り、新しいいのちに恵まれたわが身に感謝しているのである。連作のつねとして、一首の独立性にやや難点をのこしている。

野口輝次　長崎

屈託もなく米兵ら歩く街核鎧ふ艦は沖につなぎて
散るために桜は咲くと世を挙り煽る日などの再びなきか
一銭五厘のいのちなりとて召されたる昏き日ありき桜咲けば思ふ
音たてて戦後は過ぐれ身に残る弾丸はひと世のわが錘りにて

ひたすらにいまを老いゆくししむらの裡ふかぶかと弾丸をいだきて

反核の立場から状況への批判を打出して、つよく訴えるもののあるのは、戦傷の身という自己に引きつけたところからの声だからである。桜への危惧も戦中派に共通する心情で、二首目、端的で、語気するどい。三首目の結句もよく生きている。

木村とみ子 千葉

日照の短き山の部落にていづこにも蕎麦の花咲きてをり
木洩日を踏みしめながらゆく道の杉の朽葉のずつしり重し
息づきてまた登りゆく杉谷に満ちくる声のごとき風の音
谷ひとつ越えて向うの峰近く野猿の群れの移りゆく見ゆ
霧湧きて定かならざる岨道に切り倒されし生木が匂ふ

山里からさらに山ふかく入って行った行程をていねいに写して、山行きの雲にまぎれていくようなはるかな気分といったものをよく伝えている。こういう歌はなかなかむつかしいもので、力倆のうかがわれる一連であろう。

斉藤智子 東京

石門と鉄扉のみ残されて父の生家は新らしく成る
長男の地位捨てし若き父の苦しみてこの門を出でし日思ふ
亡き父の声空に有り老木の生家をめぐり風に鳴るとき
父の家の古木の柘榴熟るる下絣着し少年の父を佇たしむ
生家遠く離れて眠る父の墓に供ふる椎の実庭に拾ふも

父の生家を訪ねた一連。そこは父にも縁遠くなっており、まして作者にはなじみのうすい地だが、父恋いの作者にとって魂の原郷のような場所といえる。観念に流れるのを警めて、老木、柘榴の実、椎の実など、捉えるべきものを捉えている。五首目がよい。

里神久美子　岩手

冬ながく梅雨またながきといふ予報雨には客なきなりはひ歎く
さはやかな香り満たしめ山菜を茹でをり亡夫よ風に乗り来よ
ねむごろに土を重ねて播き終へぬ夫が遺稿に押されゐし種子
亡き夫の夢にくるかと問はるれど夢も現もこの身はなれぬ
父母の亡きふるさとは遠くはかなきに夢は鮮らしふる井も墳も

商売をしている作者。ここでは亡夫を歌ってその夫恋いが透明で、美しく、切実である。三首目、この一首だけでも一篇の小説になるほど濃い内容をもち、隙なく、しかも力まずに詠んでいるのがよい。五首目も哀感が行き渡って、下句上上である。

塩崎秋江　大阪

春雨のままにうす蒼く昏るる空ひよの雛の鳴きやまなくに
電車待つすがたさまざまうすら陽の射すひと方に人ら佇ちつつ
桜花満ちて垂るる一枝を掌に支ふ花の重みの耐へがたからむ
その白き花弁の縁に臙脂色にじみ芍薬は極まらむとす
一瞬の間に見て過ぎし野焼きの火いくたびおそひこの夜半を覚む

雑詠だが気分上の統一があり、一首一首に感動のよって来たるところが明らかで、しっとりとしたなかに意外にはげしい情念を畳んでいる。例えば露がたまって、満ち、雫となって落ちようとする。そういうときの、不安のようなものをモチーフとしている。

藤元美保子
鹿児島

この穴に父果てしならむ海軍壕に観光の一人わが足すくむ
掘りし跡あらはに残る壕の壁あるいは父のあてし鍬形
部隊長の最後といふは語られつ語らるるなき一兵士父
応召の父の門出は送らざりき名誉と言ふを隠れ泣き居し
おほかたは戦跡たどる島めぐり那覇港に異国の戦車は並ぶ

父を沖縄の戦いでうしなった娘の歌。その戦跡を観光の団体に加わって巡りつつ、嘆きをあらたにしている。一兵士父の最後と沖縄の現状—光景と回想が一つになって、その把握は四十年を経た現地に立って、有無を言わせぬものがある。

小槌智久三
北海道

生き生きと新しき生活ひらきゆく孫が勤むる社屋を仰ぐ
妻も老い吾も老いたり訪ふ孫を待ちて幾日を花と親しむ
踏み惜しみ桜花散る並木路老い妻の歩幅に添ひて通りぬ
いたはりていたはり合ひて老い妻と生きゆく今朝の水仙羞《やさ》し
若くして夫を亡くせし嫂《も》の八十路を越えてひとり墓守る

心も言葉も素直な一連で、好ましい人生の歌である。孫、妻、嫂、それら身内と作者との関係は作者の人柄に染まって、微光をたたえている。三首目、「踏み惜しみ」と言い、「妻の歩幅に添ひて」と歌う、そこに心がかたちに出ている。

向後重太郎 千葉

ことの無く田植了へたる春の日に新芽の榊田神に供ふ
挿秧の済みて幾日か庭隅の田植機の泥白く乾きぬ
雨の日を疲れ休めに娘の行きしお茶講の家わらひ声洩る
山草を刈り帰り来し娘に背なかながし貰へば毒だみ匂ふ
ゆたかにも水を湛ふる早苗田に夕べの丘が逆さに写る

娘と暮らす農の生活が静かに、或る充足感をもって歌われている。田の神に榊を供え、山草を刈り、お茶講によばれる。そういう古風な村落共同体のありようが共感を呼ぶとともに、さすがに、そこに田植機の導入があるのも面白く、泥への目も確かである。

河上洋子 東京

花影を離れて吾の影ひとつくきやかなるを追ひて歩みぬ
読み耽れば鳥の囀り聞えきて時奢りたる一夜明け初む
テーブルに夕光さして読みさしのページの言葉啓示となりゆく
犬と花のみを愛すと罪のごと告げぬ夫と別れしをみな
視野をななめに雲確実に移りゆく歯科医の椅子に横たはりゐて

詩があり、一つ一つの歌にしっかり摑んだものがある。五首目がいい。「ななめに」と細かく雲の動きを捉え、それが歯科医の椅子に身をあずけた状態での嘱目であるのが、実感をもつ。三首目、大事にしたい歌だが、結句の調子がいま一つというところ。

我が家への便りもあらんすれ違ふ郵便バイク遠ざかりゆく　清田幸子　富山
うとうととせしバスの中のり来たる若きが持てるセロリー匂ふ
羽青き山鳩枝を移りゐてかいだうの花清くかがやく
去年よりも花多くつけし藤の花風すこしある下にわが寄る
光りつつわづかな風にそよぎゐるやうやく揃ひし青き麦の穂

初心のおもむきをのこしているが、それだけに歌は清新で、順直ないい感覚を買いたい。かいどうの花が白いというのに疑問があり、少し手を加えた。藤の花が去年より多いというのは何でもないようなことだが、こういうところを大切にしたい。四句もよい。

矢飛白の揃ひの着物に我を抱く若かりし母の写真秘め持つ　内藤　亨　福岡
あをによし奈良に老いつつたらちねの母病む聞けば心乱るる
異母弟妹のつぎつぎ生れて孤独感せつなきまでのわが少年期
我を生みし母にまみえむひたごころ軽便軌道は乗せて馳せにき
耳遠く継母は老いましぬ愛憎もいまは泡沫のごと失せましして

ドラマティックな一連である。実母と継母、異母弟妹、そういうなかに育った作者の一代記のような作品で、事実に倚りかかり過ぎているところもあるが、筋書に終らないでよく感動の中心を押えている。枕詞を二つ並べるなども、なかなかの巧者である。

短歌詠めば死がそこに見ゆ詠まざれば縋るものなし朝の鐘きこゆ　紺　正助

体力も気力も失せし老いわれに医師容赦なく手術を告ぐる
今なさむことに縋りて今を生くるほかなき吾れや気力萎え果つ
死の念慮まつはる日々を過ごしゐて金木犀は庭に散りしく
生きゆかむ気力湧き来よ病み継ぐにわが娘嫁がむ日の近づくを　大分

病床詠でそれも深刻な歌である。作風からいえば観念を先立てた作風だが、浮いていないのは、状況もさることながら、語気が切実だからである。一首目には感心した。三つに切って、しかも語気徹り、結句「朝の鐘きこゆ」は盤石である。

昭和60年7月号

咲き極まる桜木のした輪になりて現ともなく幼等遊ぶ
嬰児の歩みあやふき道の辺を風の敷きゆく桜花びら
花びらもともに蹴りつつ少年は降る花のしたボールを追へり
幾片の花びらのする雨のなか行く人の傘も我が差す傘も
散り残る桜惜しめば降る雨に濡れ光りつつ若葉の育つ　東京　斉藤智子

春の季節とて桜の歌が多く、すぐれた作も多かったのは幸いであった。特選歌は情感ゆたかに、かつ、情感におぼれることなく、沈着に対象に迫っているのがよい。視野鮮明に、余計な着色はすこしもないのに歌は潤いをもち、愛情がゆき渡っている。幼児、少年、行人、そして作者その人も、桜に喜遊し、浄福をわかち合いつつ、情、景ともにあくまで平明であるのを佳としたい。

近ごろ、思うこと。——上手でも味のよくないのがあり、さして上手とはいえないのに味のいいのがある。巧みと味とは本来一つであるべきものだが、つくられる作品はかならずしもそういう具合にはいっていない。もっとも、上手と言い、味のよさと言ってもそれを具体的客観的に取出して示すことはむつかしく、またその判断は個人の好みというものを基礎としているから絶対化するのは危ないのだが、言葉というものは磁気を発しており、短歌のような寡黙な詩では、人はその磁気に感じたくて言葉を読むのである。人柄まる見え——みんな裸で立っているのが短歌というもので、歌では言葉は衣装ではなく人間そのものである。着飾らずに心身の浄化につとめ、肚をくって、しかも言葉にたいして謙虚でありたい。

向後重太郎　千葉

ふる里へ帰るごとくに入院す顔見知りたる看護婦のゐて
入院しふつか経ちたり飯刻に廊下に立ちて膳を待ちつつ
導管をさしたるままに行く廊下すれ違ふひとかすかゑみたり
新聞を読まずラジオを聞くのみの臥床にあふぐながき電線
孫たちの写真貼りたるアルバムを宝と持ちて入院の日々

病床の日々を歌って、ふかくは歎かない。はじめての入院ではないためもあるが、運命を素直に受取って、かく病いを養いうることに感謝しているようなところがある。そういう気持が、一首一首、具体に即して、無理なく、無駄なく、やわらかく歌われている。

塩崎秋江　大阪

鉄橋を電車ゆくときひびかひてわがさびしさのゆれいづるなり
頰杖をつきて見てをりしろがねに光りしづけくゆく飛行機を
べにひきて少しくもれる鏡ふくさかりの春の空うつさんと

人話し合ふさま見ればさりげなき言葉のなかに棘をひそます
電車降りし人らにはかに生き生きと夕暮の街に散りゆきにけり

いい語感の作者である。短歌の抒情詩としての本質を、理解によってか、生得によってか、よく会得している、「人話し合ふさま」は寸がつまって少し苦しい。初めの三首がよく、三首とも下句ののびやかに抒情をたたえ、鏡の曇は、顔を寄せたので、うまい把握。

栩木澄子　大阪

釈迦堂の庭の閑けさ一輪の椿の紅を見て憩ひけり
降りまよふ風花に似て散る花の逡巡ながく零れてゆくも
おのづから散る花のありひそひそとおのが花底にしづみてゆきぬ
ひとひらはひとひらの影ともなひて落花水路を流されてゆく
雨けむる前山の峰の花こぶしこぞりて咲けど寂しきかたち

花の情感をよく自分のものにしている。花を尋ねての旅の作のようで、よほどの気分の統一がなければ歌えない。色々の花を歌うが、難にはなっていない。一首目「閑けさよ」の「よ」は省いてみた。「花底」は尊重したいが、わかりにくい。花が根にかえることか。

佐藤小豊　山形

温かき卵並びて生みてあり雪積む鳥屋に水運ぶ時
今日の日の卵生み終へ鶏は向き向きにして砂浴びてをり
朱の鶏冠重なるごとく寄りて来ぬ鳥屋訪ふ刻の遅れし朝は
尾羽上げ土蹴り遊ぶ鶏のとさか陽に透き冴ゆる朱の色

老い初めし己を労るごとくして卵生まざる鶏も養ふ

養鶏の実生活をうたって、生々として血色のよい歌である。実感があり、心があって、読む者の気持を明るくする。生きものに対する愛情、生きている自分や家族にたいする愛情の伝わってくる歌である。「温かき卵並びて」「向き向きにして」等、見所よい。

木村とみ子　千葉

花びらを片寄せてゆく若者のボートの反す波の眩しき
木洩陽のひかりの中に佇ちしとき不意に寂しと友言ひたりき
四十年待ちたる人の名も告げず友は看取れるものなく逝けり
去年も見し洞に花びら溜りゐて風過ぎゆけば声かと思ふ
土の上に翳重なりて桜咲き人ざわめきて花に酔ひゐる

花と死、そういう主題を追ってそこに美しい寂しさを紡ぎ出している。感情の奥の深い歌である。そして華麗さにも欠けていない。華麗さに翳の添うのが、作者のもつ感情の奥深さである。一首目、的確。三首目下句の直感と声調、大切にしたい。

榎本一介　栃木

鉈減りて柄《つか》の握りも馴染みたり今朝は研ぐべく砥の垢落す
復員に職なく背広米に換へ竹職まなぶ若き代過ぎぬ
辛夷咲きひばり高啼く里にして老ゆるもよけれ木の芽戴く
搾られし乳房揺りつつ歩み来る牛のめぐりを花散りやまず
ちち母も夭折の娘もおぼろなり杉菜幼き墓地に陽の射す

竹職を一途に生き、老を迎えた作者。そこには戦争から戦後にかけての消しがたい生の困苦が刻まれている。一首目上句の重い実感、三首目下句の老の受納と人の情けへの感謝、五首目「杉菜幼き」の写実の効かし、五首しっかりと作者の人生をささえて、動かない。

高林未央子　東京

かりそめに天上の雲象りて花置くは誰土にしまらく
爛漫の花の下道まぎれゆく人の快楽にかかはりもなく
蜜吸ふと鵯のすがる花の枝揺れてはおのづ散る二三片
風吹けば渦なして散るあやふさよ桜はなべて花梗寄せ合ふ
花捲きてつむじ風吹くわが上を桜前線過ぎてゆくらし

独特の感覚を持つ作者である。その目まいに似た、この世にしてこの世のことではないような感覚が、ここでは奇嬌な言葉などはすこしも使われていないのに、読者に伝わってくる。思念の力のつよい作者なのであろう。一首目は独自、四首目もよい。

原田国蔵　静岡

海蝕のあとを節理にしるしつつ夕光《て》りうくる高き断崖
冬浪をとどろと砕く岬鼻はくろくそばだち岩根据ゑたり
率て来つる幼なと同じ視点なりかがまりつつに露店など見つ
遣り残しし何かがあると落付かずひと日過ぎたり何事もなく
髪を摘まん思ひ俄かにつのりきつ雨に散りたる花土手往きて

五首を統一するテーマはないが、そして歌に取立てて言うほどの特色はないが、真面目で実直な作者の内部にある詩心が旅や日常をとおしていいかたちで出ている。一首目の的確ですっきりした写実、五首目上下句の飛躍のなかの照応、そのあたりに注目したい。

立退きの条件素直に受け入れて滲むがごとくさびしさのくる　島崎重人　長崎
吾が家も道拡ぐると解かれたり本籍其処に残せるままに
道にすと屋敷解かれし片隅に水道栓の一つ立ちをり
道筋の旧知の家跡平《なら》すならむユンボー谺す峡にひすがら
立退ける家跡かなし藷釜の在りしあたりのいたく窪める

開発のための家の立退きを痛い心をもって歌い、五首を起承転結のあるきっちりとした作品にまとめている。連作構成のため一、二首が弱くなったのが惜しまれる。作者の力倆は三首目や五首目の見るべきものを見ている眼のよさにうかがわれ、四首目も確かな作。

焦燥の冬も過ぎぬと実験室に薬品に汚れたる手を洗ひをり　志田　谿　鹿児島
実験室の窓よ仰げば夕雲の層なすままに昏みゆきたり
再現のデータ得たれば夜深し雨降るけはひの外の闇に出づ
取り残さるる思ひに沁むるごとくにも新刊原書のにほふ夜の卓
たはやすく学を懐疑する学生の声ものこりて卒業期終る

投稿歌には見ることの少ない研究室の歌で、新鮮な感じをもった。鬱屈の思いといったものを主としており、それを実験室生活の細部に移しているのがよい。二首目、三首目、四首目の下句、それぞれ捉えており、「層なすままに」の把握は大事にしたい。

高野勇五郎　栃木

早春のやはらかな雪につつまれて葦の角芽はふくらみにけり
ひそみゐし蛙ら鳴き出づ穭田《ひつぢだ》に溢れむとして春の水入る
春の日に淡あは別れぬ思ひ出は美しくして老に堪へずも
わが庭の幼き芽の数限り無しやさしき心になりて見てゐる
二荒嶺《ふたらね》を流るる雲にやはらかに照る朝光は春深からし

春の到来をよろこぶ思いのなかに、老を嘆き過ぎ去った人を思う心が一筋つよい線を引いている。総じて清潔な叙景の歌で、叙景はおのずから抒情歌の態をなしている。把握にこれといった特色はないが、一首全体、五首全部が美しいハーモニィを奏でている。

小槌智久三　北海道

船艙より揚げられあがく網の蟹あぶくに虹をふくらませつつ
手鉤もて網の毛蟹を捌き取る女の片方に眠る幼な子
あたたかき河岸の日差しの石畳箱より逃れ蟹の這ひ出づ
寄せられて渚の砂にからびたる海藻と言へど潮の香をもつ
足裏の温しと思ふからびたる渚の海藻靴ながら踏む

漁港の光景を活写する。毛蟹は盛んにうごめき、作者の眼は生々として対象を追い、かつ愛情をもってそのいのちを見つめている。毛蟹のいのちに注がれる愛情は、二首目、幼児にも注がれ、後の二首では、主観がしっとりとにじみ出ている。

昭和60年8月号

塩崎秋江　大阪

みつけたる蟻塚を棒に崩しゆく追ひつめたきはわれかも知れぬ
赫々たる夕陽の絵のまへ人集へりはげしきものを人は恋ひやまず
単調にひびくはローラーに道均らす音とききつつたひらぎゐたり
言ひをへてどこか違ふといふ思ひ兆せるままに受話器を置きぬ
時計屋の時計さまざまの時刻さしまだ選びゆく未来あるごとし

特選五首、感受性がきらめいている。心の奥に何かにがいもの、つらいものがあって、それがよく磨かれた鏡のように外から落ちてくる光に感応し、反射する。みずからの色に染めて反射するのである。三首目、四首目など、日常生活に根ざすそういう反応を大切にしたい。二首目、五首目も現実を遊離しているのではなく、現実のなかの一個の凝集点を捉えて作者の才能はむしろこの方にあらわれているのだが、すこし危い気がする。その危うさが下句の断定的な納得のしかたに出ている。そして一首目はそれが類型化したかたちになろうとしている。楽しみの多い作者だからいろいろ注文をつけるわけで、そのつもりで聞いてもらいたいが、上手に足をとられないように用心しつつ自己を伸ばしていただきたい。

五首作品ということについて。——五首を桜なら桜で統一する行き方と、この作品のように題材を異にしつつ心の色で統一する行き方とある。どちらもそれでいいが、統一感は前者の行き方のほうが出しやすく、投稿歌の傾向としてもそのほうが多い。同一題材の場合に注意したいのは、連作によりかかって一首の独立性がうすくなりやすいことである。一首取り出して、それが意味の通りにくい歌やふやけた歌に終っていないかどうか、吟味をおこたらないようにしたい。

棚卸の閑散となりし荷受場に雀入りかはりきてはとびたつ　栩本澄子　大阪
屋上に楽鳴りひびき幼なひとりの回転木馬がまはる花冷え
マイクのこゑ　楽の音　汽笛ひびきあひ春連休の屋上にぎはふ
沿線に桐の花咲くよろこびも得て新しき職場に馴れゆく
いつしらに葉がちとなりて藤棚のとめどなきまで零すむらさき

四首目の歌に見られるような生活環境の変化が作者にはあり、その変化からくるもの珍らしさも加わってのことと思われるが、生活の周辺が生々と歌われている。そして人混みを歌っても透明感のすこしも失われていないのが好ましい。美しい都市生活詠である。

城壁の影おく道のしまらくを林檎の花の香に蹤きてゆく　高林未央子　東京
隻脚を杖に縋れる城守りは歴戦の士か笑まぬその貌
草あをき丘の館に陽かぎろひ馬術試合の馬勇むなり
見上げゐる塔のなかどの巣の鳥が尾羽根振りつつ雛をやしなふ
修復のパイプ組まるる尖塔にわれのいくさの過去も重ねみぬ

「フランス・ノルマンディ地方にて」と付記がある。付記がなくても、また作品の中にその地方の固有名詞などは一つも用いられていないにもかかわらず、一連が外遊のものであることは沈着で陰影の濃いその内容から容易に理解でき、印象力の強い一連である。

異母弟と家督相続争ひに家捨てし父か礦山《やま》に果てにき　榎本一介

故郷すてし流浪の父の生想ふ隣る県《あがた》に竹を編みつつ　　栃木
父の姓あまたを名乗る聚落は郭公鳴けり口閉ぢて来ぬ
機械化に竹の農具も廃れゆく変る時世をささやかに生く
鉈を研ぎ隠元を剝くわれと妻時雨のごとく竹の葉は散る

家の変転という歴史を見据えつつ、己が人生を一種の諦念をもって観照した一連で、わずか五首のうちに作者の歩みのすべて、胸のうちのすべてが凝集されているような密度の濃い一連である。構成においても、深い用意のほどをうかがうことができる。

陳列のたぐひも除きだだびろくなりたる店をしみじみと見る　　別井時子　和歌山
昼の間もともして来たる店の灯を消せば商ひし日日はまぼろし
算盤も四つ珠に替へて商ひし三十九年はやく過ぎきぬ
廃業の仕舞にひと月はやくすぎ庭の桜は新緑となる
さばさばと廃業をせしわれなるに見る夢すべて店にかかはる

長年営んできた店を仕舞うというはっきりとした主題を、思いをこめつつ、その思いに溺れることなく、的確に捉えている。どの一首にも作者の主題につながる思いに染められた「物」というものがしっかりと捉えられて、完成度の高い人生哀歓の一連である。

秋の日の曇りに凪ぎし海光る沖のかすかに紅を帯びつつ　　斉藤智子　東京
海浜の公園に咲くアベリアの花の向うに海広がれる

日焼けせる老いたる漁夫が舟遊び客に勧むる野太き声に
雲垂れて夜の闇深く更くる窓灯台の灯の一閃及ぶ
朝の雨上りて光り増す海に遠くヨットの白く動き行く

海浜行楽の一連である。風景を丁寧に見、その中に人の動きもあって、用意のよい、行き届いた一連ということが出来る。とび抜けた歌はなく平均に稼いでいる印象だが、水準の作が揃うということはなかなか容易なことではない。地力のある作者であろう。

向後重太郎　千葉

あした疾《と》く吾娘筍を刻む音妻もかかりき田植の頃に
田を植うる吾娘に届けむ握りめし孫と提ぐるに海苔の匂ひぬ
田植機を休めて笠を脱ぐ吾娘のかほの柔毛《にこげ》の逆光に見ゆ
さみどりの早苗のゆらぐ張り水は明るき夕べの雲を写すも
挿秧《さふあう》をきのふ了りて衣もかろくパーマネントに吾娘の出で行く

老いたる作者にかわって田植の仕事にいそしむ吾娘への思いを心をこめて歌っている。実景に即し実情に即しているから観察が細やかで、作者の気持というものがその実景と実情に即してじつによく読者に伝わってくる。娘にたいする愛情と感恩の一連である。

正岡玉子　愛媛

小野谷の螢茶屋とふ名に惹かれ老いの遠出に加はりて来つ
杣人の通ひのぼりし八丁坂黒々として檜茂れり
老鶯のしき鳴く谷を渡る風檜若葉の清しく匂ふ

小野谷の山深く来て養殖の紅鱒の刺身にもてなされをり
猪の今も田畑を襲ひ来る小野谷山に林道なりをり

山深いところにある聚落へ出掛けためずらしい体験を着実に歌っている。そういう場所への憬れと、すこしく身を危ぶむような気持とが歌の根底をささえて、この山行きを趣きのふかいものにしている。「小野谷」という固有名詞も効いている。

佐藤　孝
福島

柿若葉かがよふ朝のしづけさに在りし日の夫しきりに思ふ
緑匂ふ小鳥の森のみちゆけば風にのりくるくわくこうの声
幼らはくわくこうの声真似てをりその澄み透る夏を呼ぶ声
アカシアの並木明るしまろき背をのばさんとして空仰ぎたり
母と見し藤の花房思ひつつ幼な抱きあげ双手ふれしむ

初夏の晴れやかな気分というものを伸びやかに、平明に歌って、よい味のする一連である。表現に無理がなく、どうかすると平凡になりそうでいながらそうはならずに、気持が徹っている。これからの作者であろう。精進を期待したい。

稲田土彦
長野

夜をこめて代掻き水を田にひくと老いのひと役地下足袋をはく
水螢光る古井を浚ひつつ田水みちびくはあと幾年ぞ
かそかなる田土に沁みる水の音年々に聞きまた今年聞く
宵過ぎて夜目にも馴れぬ水口のあたりの空木花ほの白し

かはたれの明り映せる水漬田よ代掻くと夜すがら注ぎ疲れぬ

確りと歌われていて、摑むべきは摑み、感慨も充分に表現されている。年期のはいった作者なのであろう。後半三首揃っており、一首目は「老いのひと役」あたりが軽くなり、やや俗調になる。一体に、失われてゆく古風な生活と意識を確実に表現している。

砂長節子　群馬

若葉照る城跡しんと静もりて古井戸くらく口をあけをり
人の手に成りしとふ堀めぐらせる本丸跡に古りし碑ひとつ
古戦場の湿り漂ふ杉山の暗きを抜け来て風に吹かるる
杉山のゆらぐ木洩れ陽踏みゆけば遠きいくさの雄哮きこゆ
城跡より見おろすみどり濃き里に節句すぎたる矢車光る

古跡というものは歌心をそそるものだが、またやってみるとなかなか作りにくいものであることも事実だ。作者はあまり無理をせず、素直にそこに身を置いて風景を眺め、歴史を思い、そこから湧いてくる言葉を歌にした。静かな気分の、稔りある五首である。

大木千代　福島

片栗の群落のなか蝶ひとつもの思ふごと翅をたたみぬ
春雷に身じろぎもせぬ桜樹の風渡るとき花びら散らす
銀色のうぶ毛光らせおきな草血の色の花おづおづ開く
杉群に日の差す傍へ犬つれて閲兵のごと緩やかに過ぐ
いねぎはに祈るときの間もろの掌に夕べ摘みきし田芹が匂ふ

草も木も虫も、みな心というものをもっていて、作者と言葉を交してさえいるかのようだ。そういう汎神論的な有情の世界、童話的な世界を背景に持っている。「閲兵のごと」は面白く特色が出ているが、それは二句の把握があってのことと、知っておきたい。

筆立てて書けよと子らに教へつつ春の日射しの吾には眩し
ノメ・クタと初めて書きし毛筆の筆の握りの感覚おぼろ
六十余年筆を握りて古稀われは毎日展の紙面に対す
書き終へて筆の重みに耐へてをり惑ひし文字の弱きを思ひ
一枚の紙面を満たす墨液を今宵も摩れり憑かれし如く

斉藤正良　北海道

書を生甲斐とする作者の、反省や希望や祈りが、つつましい一途さに歌いあげられており、真面目な人柄の出ているのが好感を抱かせる。連作としての構成も緊密で、一首一首のきらめきにはやや欠けるものの、よく備った難点の少い一連である。

昭和60年9月号

墓山に聳ゆる赤松伐られたり亡夫と仰ぎしもの一つ消ゆ
うつつには還らぬ人の掌の温み夢の中にて確かめてをり
商ひにひたすら生きし亡き夫の給油船泊つる島とほく見ゆ
石垣を覆ふ蔦の葉みどり増し夫の一周忌近づきにけり
柿若葉ぬるるがに輝る天《そら》見上げまなこ細めし亡き夫おもふ

大谷優子　山口

挽歌は相聞歌とともに人間の情の発露のもっとも自然にして切実なるもので、またこの二つは往々相交って両者の区別を曖昧なものとする。挽歌と相聞歌は、もと同根と言ってよく、心を寄せる対象がこの世にいるか、あの世に移り住んだかのちがいにすぎない。

特選の五首は夫を失ってやがて一年になろうとする妻の歌で、無理のないしっとりとした詠風のなかに真情が出ている。真情があっても、それがうまく歌の形に出ないことがあり、そういう場合がなかなか多いものである。人は人の恋しいとき、どうするか。写真を眺めたり、手紙を取出したり、思い出の地を訪ねたりするだろう。歌にもそういった「物」が必要で、特選歌は柔軟にその「物」を押えて亡夫追憶のよすがとしている。奇矯さも、どぎつさもなく、歌は平順そのものだが、語の端々まで愛慕の気息が通っている。一首目はいま一つ。三首目がもっともよく、全体として、しおりのある語の斡旋を評価したい。

「ボケ老人」という言葉を新聞もテレビも使う。投稿歌にはまだ見ないが、代る言葉はないものか。東北では「二度わらし（童子）」というと聞いたが、「稚児がえり」「稚児老人」などはどうだろう。言葉を正し、そのためにはあえて造語も辞さないのが作歌の覚悟というものであろう。

岡崎奈美子　鹿児島

栗の花揺るる木戸口の牧場よりわが問ふ声に仔牛寄りくる
栗の花白く垂れ咲く木の蔭にまどろむ仔牛の睫あいらし
唇を舐めつつわれに寄り来たる仔牛の産毛が乳にぬれゐつ
仔牛らがまどろみより立ち上がり角なき角を押し合ひあそぶ
仔牛らは前膝まげて腰下し羊雲浮かぶ下にまどろむ

牧歌的な歌、というよりは、牧歌そのもの。やさしい抒情歌である。こういう作品対象の場合、気分におぼれやすいものだが、作者は気分におぼれないで、ていねいに、愛情をもって仔牛を捉えている。「羊雲」というのもふしぎに生きている。

機窓より目路の限りにたたなづく雲あれば雲のことのみ思ふ　土屋みどり　東京
層成せる雲のあはひを差し出でて光ひと筋機窓に及ぶ
雲海の果て極まりてゆるやかな青き弧線の空に吸はるる
あこがれて丘に仰ぎし白雲か　延ぶれば指に触るるが程に
流動の雲に焦がるる少女にて嘆きし母も遠く居まさず

飛行機から見た雲の連作。単なる写生に終ることなく、充分に主観を生かして成功している。よほど基本がしっかりしていないとむつかしい歌い方である。五首目は存分に主観を流露させて詠嘆し、余韻のある歌い納めになっている。雲の変幻は心の憧れである。

病む母と夜明けを待ちて開く窓に目に沁むばかりえごの花明し　犬飼喜久　山形
おぼろかな記憶に母が語りくるる菱生ふる古き故郷の沼
母病みて寡黙となれる卒寿近き父は生きゐる寂しさもらす
吾のみを頼りて呼ばふ母の声耳鳴りのごと夜はきこゆる
とことこと母よ歩み来よ受粉なす西瓜の雌花は雨をふふめり

「八十四歳の母病む」と註がある。子の愛情は年齢の如何にかかわらず父母の寿をねがうものである。その心を、危機を脱した病床の母によせて歌っている。安定した詠風は力倆充分を思わせる。五首目は自在に詠んでふくらみのある一首となった。

河上洋子 東京

昼を点す粧院にゐて吾が向ふ鏡の奥のしげきさみだれ
三日やまぬ音なき雨に街の夕べ水銀灯は倦みて色褪す
焦げし樹皮はかの騒乱のあとならむ松本楼の銀杏老いたり
青桐の幹つめたかり炎昼に地深き水は通ひくるなれ
自らの矜持のために噴水は風に抗ひてけざやかに立つ

イメージにきらめくものがある。直観に、すぐれている。つまりは発見がある。あるいは透視する力がある。そこのところを大切にしたい。一首目がいい。句法緊密で把握に無駄なく、一首の中心を結句名詞止めでしっかりと据えている。

保田陽子 神奈川

ブルー濃き架橋一つの影おとす川下とほく夕光《かげ》のなか
鉄橋を音ひびかせて電車過ぎぬあかざ葉ふるふ川土手にゐつ
岸寄りに鴨の家族の浮かびゆく梅雨季《とき》水位の上りし街川
川幅の半ば占むる洲父と子がボール投げ合ふを土手より見をり
葦群の茂り合ふ洲より翔びたちし孤つ小鷺が残せる羽音

河があり、橋があり、葦が生え、鷺や鴨がいるといった風景を、生々と作者の心のうちに取込んで歌っている。そこに立てば胸がひらけ、気持が休まるのであろう。そういう親しい風景であることが読者に伝わってくる。親和的な水辺の佳作。

街の辻曲がれば逢ひぬ灯の奥に闇を抱きて濡るるあぢさゐ　高林未央子 東京
紫陽花に雨容赦なししたたかに生きむ難さを思ひつつゐる
枯れてなほ散らぬ紫陽花うすら陽に残りのいろをさらすわびしさ
スパイスを常より利かせシチュウ煮る夕べとどろく遠きいかづち
糠雨が降り残したる下土に沙羅の白花落ちてひそけし

日常、眼に触れるものを歌い、生活の周辺を歌っているが、それでいて、単なる日常、単なる生活にとどまらない幽暗なるものが揺曳している。幽にして優、暗にして艶である。彼岸につづくような不思議な気分を基調としている。

家並の尽きて砂丘となりてゆくかなたは海か　曇りて見えず　別井時子 和歌山
雨やみて松の落葉の赤く藉く林に入りて歩をゆるめたり
別世界見てゐるごとし雨雲にくらき砂丘の起伏涯なく
雨あとの昼の砂丘にわれひとり靴のかかとを沈ませあゆむ
見返れば雨をすひたるこの広き砂丘にふかく足跡のこる

砂丘五首。一つ一つ、ていねいに、自分に納得のいく作り方をしている。目立たないが、「物」を摑んでおり、感動をかたちにしようとしている。松の落葉の「赤く藉く」でも、「靴のかかとを沈ませ」でも、そうである。「別世界」はなお考えたい。

店先に売らるる小犬日の当たる箱の片側にかたまりてゐる　木村とみ子

鼻先にミルク乾ける黒き犬は寄りゆくわれに尾をふりてゐつ　　千葉
箱の上に血統書貼られゐる犬は拾ひ来し家のコロに似てをり
新らしき首輪つけられし白き犬少女に抱かれて買はれてゆけり
けものくさき店いで来れば休日の街にけだるき夏の陽が照る

苦もなく歌っているようでいながら、把握の確かさには讃むべきものがある。平明、順直、そして感情が豊かである。一首目の三句以下、眼が生きている。三首目、四首目あたりはやや淡くなった。欲ふかく歌う方向を心掛けていただきたい。

甲斐ふゆ子　東京

鯉の餌にせむと炒りたるポップコーンの香ばし幼らこもごもたうぶ
汝が母の幼稚園のころ来し園と言へば幼ら門を駆け入る
蒼深む池騒がせて餌に寄る鯉の大きさに児らはたぢろぐ
公孫樹の蔭に憩ひて児らに指す遥けきいのち充つる気根を
古り寂ぶる庭園にまだ九歳と児は言ひ出でて遠き眼をする

公園の一日が伸びやかに歌われている。母と子がテーマだが、本当のテーマは時間であろう。子は母の時間を継ぎ、母と子を置く公園は母にとって幼年時代の思い出の地である。構成もよく、ふくらみもあり、感傷に溺れず、鮮明な「時」の嬉遊図をなしている。

志田　谿　鹿児島

実験の予期せぬ結果になづみをりはや夕づきて昏みゆく中
時おきて圧濾瓶に落つる液粒の澄む黄の色や暮るるに間あり

論証のグラフひとつにこだはりつつ夜に入れば又インスタント麵食ふ
論点を残したるままバッグ肩に相別れしを何ぞ死にたる
酒強き学生なりし管理職に就くと書きてあり太き文字にて

投稿歌の中でも数少ない研究室生活の歌。二首目のような作業そのものの作も、四、五首のような人事にかかわる作も、それぞれ危うげなく歌い得ている。「添へり」は文法的に問題があるので直したが、未定稿として、なお考えていただきたい。

大槻　泉　茨城

テレビに聴くキュブラー・ロスの死生観子の死に悩むわれを魅了す
死は蝶の繭より出づる如しと説く女医の胸なる蝶のブローチ
ロス女史の「死ぬ瞬間の子供たち」読みつつ思ふ子の臨終を
「いい所に行く」とわが子は楽しげにふと昏睡より覚めて告げにき
死後の生を「信ずる」でなく「知る」と言ふ精神科医の言葉信ぜむ

よほど特殊の作品だが、知的な配慮が行きわたって、一般の読者にも理解できる表現内容になっている。小さな子をうしなった親という人生の悲苦の上に立って、死を何とか受け入れられるようになりたいとする願いが、一筋、強い線を引いて歌われている。

森　弘行　福岡

圃場整備成りて田毎に枡を据ゑ把手まはせば水の噴き出づ
修羅多かりし取水もいまは田毎噴く水を湛へて皺波のたつ
腰曲げて補植する背を音たてて粒太き雨のまた通り過ぐ

一日を泥田あゆみてふやけたる足を蛇口の水に打たする
濁り田もやうやく昏れて家いへの灯りを縦にながく映せり

農村も変った。その変りようを身をもって経て来た作者の述懐である。苦しみの多かった昔の農業もいまとなってはなつかしいが、眼前、水あり機械力ある近代農法の威力に感恩している。五首目、下句は的確で発見的な把握である。

昭和61年7月号

斉藤智子　東京

怖づるなく我に寄り啄《は》む鳩と居る桜咲きそめし朝の公園
界隈に桜木多く住み馴れて花季はこころ現なく過ぐ
駐車場となりて虚しき春の空去年《こぞ》の桜の幻光る
薄日照る桜並木を行く人の影みなやさし花びら踏みて
春愁と言ふにはふかき愁来る遠く桜花の霞める窓に

今月は桜の歌が多い。春だといって桜を歌わなければならない義理はないが、そこはしぜんとそうなっているところが私にはおもしろく、また意味あることのように思われる。同じ形式で同じ対象を歌うのであるから千篇一律になりそうなものだが、けっしてそういうことはなく、百人が歌えば百人の桜がそこにある。強いて自分を出そうとしないでも、虚心に、ひたぶるに対象にむかえば、おのずからそこに各自の心の色というものがあらわれる。

特選五首は極めてまっとうな桜の歌である。何の奇もなく、何の衒いもなく日常そこにある季節の花を詠んで、平常心の奥に消しがたく湧いてくる或る夢幻感をうつし出している。浄福の思い、親和の感情が透明化しつつ、それが哀傷にまで深まってゆくというのも、人生についてすこしく思いをいたす者の誰もが体験するところであろう。花は歳月の証し——そして現代は、年々歳々、その花も同じからずという嘆きが作品に奥行を与えていることにも、注意しておきたい。

桜散る日に病み出でて老母の命今年の花に及ばず　宮本寿夫 富山
寝たきりの一年《ひととせ》の果て逝きし母を倖せと云ふ声に怒りぬ
死の際も子を想ふ母か農繁期至らむ前を急ぎて逝きぬ
嫁ぎ来て多く耐へたるこの峡を柩に入りて今母の出づ
若き母の恋知りてゐむ近江の湖《うみ》けぶれる今日を喪の吾は行く

母の死を歌ってその心ばえの純なるものと言えよう。また構成にも意を用いて、農家の嫁としての母の一生が浮びあがるようになっているのも巧みである。母との死別という重い主題を感情に流れることなく、しかも情感をこめて歌っている。

闇に怯え父に負はれて帰りしはこの道なりき杳き祭り日　菊池尚子 岩手
父教へ吾の学びし分教場めざし行く道記憶より狭し
無口なる父も今亡し一人にて峡の公舎に炊ぎてをりき
八人の子をば宝と言ひし父遊山も知らず一世終れり
雪の夜夫に出しやる毛の下着父も欲りにき杳き戦時に

回想歌は弱くなりやすいものだが、一連は具体的に厚く歌って、輪郭の明瞭なのがよい。大方の娘にとって父は永遠の理想像といっていいものだが、その理想の父は偉人であることを要しない。あるがままにおいて父は懐しく、慕わしいのである。

内田民子　大阪

造幣局に沿ふ道すぢの八重桜しだるれば身をかがめて通る
花もそよぎ新葉もそよぎ一本の八重の桜のひかりをちらす
並木桜枝うららけく連なりて仰ぐ中空に花の帯なす
ゆく春をとどむるごとし日おもてに八重の桜のゆらぐしづかさ
人の無き夜半《よは》を桜の安からむ花のゆめ月のひかりにぬれて

造幣局は大阪における桜の名所になっている。その行楽の一日を情感ゆたかに歌いあげた。一首目、三首目など細かく摑んでいるが全体としては感情を主とする歌い方で、五首目「花のゆめ月のひかりにぬれて」は艶麗である。

古川ともえ　熊本

咲き充つる桜の枝に来る鳥の花をつつけば花びらの散る
バスのなかまこと囀りの充つごとし女生徒の群乗りて来しより
少女らは声楽しげにさやぎつつ潮ひくごとくバス降りゆけり
降るごとき落葉と思ひ仰ぎたる楠の梢の輝るわかみどり
その心弾むや否や鞦韆を漕ぐ少年に春の雨降る

率直な伸々とした歌い口で、明るい素朴さがあって気持のよい一連である。どれくらいの歌歴の作者か。これからの過程でもっとひねった表現や圧縮の欲求の出てくることもあると思うが、この平明でうるおいのある詩心を枯らさないで努力していただきたい。

職安を追はるる如く出でて来つ我には今日も職はなかりき　武藤義幸　山梨
ゆきくれて倚るウインドに老いてゆく職なき我の映る薄影
足裏に戯れつくままに猫の手を触れさせてゐる職なき我は
左官屋の壁塗る手許覗きをり職なき街に当てもなく来て
この人も水の出て来ぬ噴水をベンチに見てゐる職なき我と

失業の悲哀を歌うが、陰惨の感じのないのが救いと言えよう。職のないまま街をさまよう自分というものを客観化し、冷静に見つめながら失業者の哀感を伝える手腕は相当の力倆を思わせる。最後の二首がよく、浮浪のさまが的確に把握されている。

誘はれし花見を吾娘は断りて籾種蒔くとゴム長をはく　向後重太郎　千葉
平らかにかき均したる苗代の水の面に泛ぶさくら花びら
入院をくり返しつつうつそみは今年の桜眩しくあふぐ
夜桜の下に買ひたる金魚かよビニール袋の水に光れる
ひと頃は賑ひたらむ城山の桜樹の下に残る空き鑵

花時はまた田植の準備の季節でもある。病気がちで娘に頼っている作者は、その農事への気がかりと、花そのものへの憧れとの二つに心を裂かれて春の季節を送っている。そういう生活が静かに、呟くように歌われている。人生詠の可なるものであろう。

一期ぞとひたぶるに仰ぎ見てをりぬ病む夫に添ひて佇つ花の下　村井　斐

たまゆらの刻の流れをとどめつつ花は光となりて盛れり
残る日のいくばくならむ夫とわれと佇てばさくらの目に滲みきぬ
花びらの一ひら散ればまた散りぬひとつひとつに光をおびて
散りしける花びらのごとき綿雲の夢幻の空に佇ちつくしをり

福岡

先の限られた病気の夫と、めぐって来た桜の花と。病む夫をとおして桜を見、桜に夫を重ねて思う心が歌を深いものにしている。四首目は細やかな把握。五首目は悲しみを払って美しい詩情を繰りひろげている。「一期」の語の空語でないのを証す一連であろう。

説明書読みつつ土間を往き戻る回転老人車は娘の呉れしもの
風光り車輪も光る木の芽雨過ぎてしばらく陽のあたる道
減速ブレーキ握りて下る墓原にむらさきけまん花つけてゐし
がんやみし夫乗せ押せる車椅子その感触が掌に生々し
連れ立ちて行く人もなし丘の辺に老人車ロックしあかつめぐさ摘む

井上致子　鳥取

体の不自由な作者に娘から嬉しい贈物がとどいた。動く車椅子。その試乗のよろこびが生々と歌われている。外へ出ることにより世界が拡がり、歌心がよみがえる。亡き夫に思いの及ぶのも人生というものである。言葉の斡旋の自在な作者である。

桜木の根方の草をとりてゐる人に残りの花散りかかる
空おほふばかりの桜をひき落とすごとくぶらんここぎゐる園児

別井時子　和歌山

桜木の幹より幹に紐まはし宴の場所を決めて人ゐる
糠雨に花満つる桜けぶる苑ひとつ露店のあかりともれる
雨の夜の桜にあそび靴底につけきしひとつ花びらをとる

一首一首ていねいに物を見、措辞またていねいで、じっくりと歌っている。連作に頼らず、桜という主題を一つ一つ掘りおこす歌い方である。弾むのではなく粘着する行き方で、桜といっても酔うのではなく、強い視線で対象を前方に据えている。

土屋みどり　東京

百年の時積れどもうつしゑに詩人は若し逝きたるままに
いくばくか稚気をとどめていさぎよし自負に充ちたる詩人の顔は
たたかひの響きに揺るる学窓にあくがれ読みし『一握の砂』
夭折の詩人のうたを席並べ読みし友なり戦火に死にき
さはやかな緑保てよ北上の川辺のやなぎわが行く日まで

石川啄木の百年祭にちなんでこの夭折歌人を讃美した一連だが、いたずらに讃美するのではなく、身に引きつけて詠嘆しているところにこの作品の力がある。戦中に乙女時代を持ったことがわかり、そのときの瑞々しい憧れはいまも色褪せていない。

北山泰子　和歌山

高原の風凪ぐ時もゆるやかに片靡きゐる白銀すすき
われは今一筋の風高原の芒が原におぼれて歩む
高原の石の地蔵に手向けらる白銀すすき萩赤まんま

帰る日の近き燕ら高原の空を切りつつ直線に飛ぶ
高原に飛び交ひてゐし燕らの木の葉落としに芒に眠る

高原の初秋という設定で季節にちょっと戸惑いを感じるが、秋であっていけないわけではない。透明感が顕著で、高原のその季節の感じと作者の気分とがぴったりと一つになっている。旅情にかよう雅趣ある一連と言えよう。

原田秋香　東京

職引きて久しきわれのこの春も校長異動を新聞に見る
退職あり昇任ありて春ごとに人代りゆくを遠く見守る
これからの苦労心に思ひつつ校長就任の祝電を打つ
一日の仕事を終へてくつろぎし酒の味にも遠くなりたり
気ままなる旅もしたしと思ひつつ思ふのみにて日々の過ぎゆく

長く教職にあった作者なのであろう。そこにおける人事への関心は人情の自然というもので、哀歓が手にとるようにわかるのである。その世界とも遠く離れて悠々自適といった今の境遇が有難く、またさすがに些少の寂しさも感じられる。正直に歌っている。

昭和61年8月号

大木千代　福島

氷紋の窓に爪立て亡夫の名を書けばかそけく霜のこぼるる
さりげなく肩揉みくれる吾子の掌の大きく温し亡夫の如くに
文字薄れし「マラリヤ證明書」亡き夫の痛みの如く深き折り皺
鶺鴒の尾を振り合ひて光るときふいに悲しき　残されて四年

夫の忌の四度《たび》めぐり来遺されて固さ増したる靴なお磨く

短歌の言葉についてこんなことを思う。俳句は鞭のように言葉をつかうが、短歌は帯締めのようにしなやかに物をとらえてゆるめない。また短歌の言葉は鳩を抱く掌だ。きつければ死に、ゆるければ逃がす。掌に鼓動が感じられるくらいがよく、短歌の感動とはその鼓動だ。

特選五首は亡き夫を恋うる歌で、類型におちいりやすい題材だが、一首一首具体に即し、具体は実感を伝えてしっかりと詠まれているのを評価したい。一首目はまるで若い女のような感傷が、美しく出ている。そぶりめくところもなくはないが、嫌味のないのは根本の態度が真摯だからであろう。二首目はそこからいまの作者の年齢や幸福といえる環境がうかがえる。三首目の「證明書」は南方の戦線にいたときのものであろう。ていねいに感情をこめて事実を押えている。五首目についても同様のことが言える。四年という歳月、幸福と思われる家庭、そういった晩年の生活のなかにあって、夫に先立たれた妻の胸のうちを一つ一つ、事によせ、物に触れて、表現していることを重ねて言っておきたい。

北山つね子　東京

声さやかに朝一番に来し客が売掛金を支払ひくれぬ
片減りのしたる印字の小切手を受けつつ長き顧客と思ふ
身の若さ恃みし頃を懐かしむ客は香りを言ひて茶を飲む
業界の不振を客と夫の言ふ肚わりて労りあへる語調に
高萩まで行くとぞ紙函を積むくるまに身軽く乗りて客は発ちたり

長らく家業の商いを支えて来た主婦の歌。二首目などその歴史を一枚の小切手の上に見て、把握も表現もあざやかなものである。四首目「客と夫の言ふ」は一読ややわかりにくく工夫したいところだが、さし当って知恵はない。下句はふくらみがある。

加田田鶴子　和歌山

幼くて母の背に見し箒星ハレー彗星の名にて近づく
病院の廻転ドアは身に重し受付の人ら優しく待てど
つぎつぎと咲きていく日《にち》病み人のよろこびし桜散り初めたり
灯を消していまは眠らむ夜もすがらさくらの花は散りつづけゐむ
ベランダに佇ちて眺むる街の灯に娘がひとり在る家をおもへり

病気がちの、年輩の作者であることがわかる。だが感受性は若々しく、しなやかである。これといって特色のある内容ではないが、美しい悲哀の感情が春という季節のうえにやわらかく展叙されている。ことしの星、ハレー彗星が歌われているのも、記念とするに足る。

向後重太郎　千葉

田植機を操り門を出で行きし吾娘の触れたるつつじのゆれぬ
きぞまでは葎はびこる儘なりし谷地田均らされ鏡のごとし
水張れる田の面にうつる丘のかげ乱して辷る田植機のおと
田植して疲れ帰らむ吾娘がため幼相手によもぎをこねる
さなぶりの苗を濯ぎて神棚に供ふる仕ぐさ母に似る吾娘

農事を娘に託して、老いの身は孫を相手に日を送っている。一見まことに長閑だが、その中に、娘にたいする思いやりの気持が静かに流れている。農法も変って、女手一つでも田植機を使い、一方、さなぶりの古いしきたりも残っているのである。

開け放ち寝ねたる窓の明けそめて風運び来る淡き草の香
都心近く展け行きたるこの町に朝《あした》は井戸の水汲む音す
今日もまた暑くなるらし街の音海鳴るごとく響みそめつつ
ベランダに出でて聞きいる蟬の声見下ろす向ひの庭よりあがる
夏雲湧き果てなく青き空のもと街の屋根屋根ひしめき光る

斉藤智子　東京

平明で静澄な生活詠。季節感がすみずみにまで滲透している。夏を歌って濁りなく、都心近くに住んで高原のようなこの透明感はどこから来るのだろうか。草の香、井戸の音、あらい感覚にはかかって来ないようなものを、鋭敏に捉えている。

みかんの花白く咲きつぐ島一つ甘き香りに包まれて居ぬ
やしやぶしは去年の実つけしままにして若葉が薫る山登りゆく
弱き足かばひつつ登る白滝山時折り鶯の声透るなり
さまざまの表情をして石仏は風化なしつつ瀬戸の小島に
吉井勇の歌碑あればしばしわが憩ひ同じ心に瀬戸の海見る

横林敬子　岡山

好ましい旅の歌である。旅情がゆき渡っている。滝や鶯は自然そのものであり、蜜柑の花は島の産業につながり、石仏や歌碑は歴史を伝える。意識したわけではあるまいが、目くばりのととのった、素直で順当な旅心の歌の一連である。

峡畑の草取れば夫が起こし行く犬は緑の草道走りて
犬と蝶と戯る如く寄る道の木陰に憩へば若葉の匂ふ
古き豆の発芽を試すハウスの中胡瓜南瓜の苗育ちたり
稼ぎ居て荒らし作りの農なれど起こせば父祖の田畑よみがへる
転作田に山積みしたる草のそば夫呼ぶ声も夕陽に染まる

滝口文子 広島

夫と犬と作者と。そして畑づくりの生活。それが主たる生業ではないようだが、いわば昔ながらの生活の基本といったものに読者をいざなう。幸福な田舎暮しの、と言っても時代のかげりも感じられる農事の歌で、観念に流れず、詩情を湛えている。

材料を運ぶ乙女がジャスミンの香を落としゆく朝のひととき
作業場の飛沫に濡れて水仙が牛乳瓶に今朝一つ咲く
若きらの小さき噂立ちてまた消えゆく町の小さき工場
山に陽の遠く傾き作業場の窓のガラスに沁みる夕映え
ベル鳴れば乙女らみなは洗ひ場の鏡に夜の口紅を描く

武藤義幸 山梨

小さな街の町工場の現場を、そこに働く若い女性を中心にして歌い、つつましいながらもロマンチックな雰囲気をもつ。作者はたぶん、そこの責任者のような地位にいるのであろう。いたわりの心をもって若い人たちの生き方を見ているのがよい。

残生をかけて負ひゆくおもかげかかつては母なりき今は妻なり

稲田土彦

楽しきことばかりあらざるうつし世の生のしがらみ越えて逝きたり　長野
シャガの花濡らして冷ゆるさつき雨寄る辺なきわれのいたみに降れる
今のうつつの身に添ふ花か片翳りみやこわすれの痩せて咲くなり
苗代の黄にうるむ水の夕月夜われに泣けとや蛙子の鳴く

妻に先立たれた男の歌で、感傷をおそれず歌い上げながら、物の具体に寄せることを忘れていない。それも事件的具体は言わず、詠嘆の質としてのシャガやみやこわすれや苗代水に映る夕月を歌う。多少連作に倚りかかっているところに問題をのこしているようだ。

一条の流れを狭め城崎のなだるるごとき町屋根が見ゆ　栩本澄子　大阪
丸山川まんまんとして日本海の春の潮と交らふところ
温泉寺をくだるロープウェイ前山の円錐形「迫下《せりさげ》」に似て沈みゆく
川ひとすぢ柳の青き影ゆれて今宵城崎にふる雨やさし
湯の宿の寝掛の間々を寛やかに下駄ひびききて遠のきてゆく

行楽の一連で平静に情景を写し、かつ旅の好ましい気分というものを表現し得ている。格別の特色というもののないのはこの種の歌としては止むをえないところで、それでも、三首目などにはそれを越えようとする努力が見られる。

遠き日の過誤を思へば蝕みのあと紛れなく咲けるてつせん　古川ともえ　熊本
騒音もここに届かぬ静けさに空を映して街川流る

雨を得てゐらぐが如き植込みの傍へしぶきに濡れながら行く
はつなつの陽はおぎろなし道行けば風の遊べる罌粟の花むら
丘の上の風に憩へばひといろの緑となりて茂る雑木々

平凡でない。一首目など、やや飛躍した表現に危うさを感じさせもするが、何にしてもふしぎに詩の急所というものを摑んでいて、詩情あり、歌のおもしろさの手応え充分な作品である。語の運びも遅滞なく、巧みである。

島本みすよ　和歌山

白と青に塗られ清しも海埋めて成る発電所の高き煙突
緑化計り植ゑたる樹々もすこやかに育ちて青し人工の島
メカに弱き頭をヘルメットに護らせてめぐる発電所人影もなき
人工島を波より護ると豊かなる女体のごときテトラ積まるる
執拗な迄無公害を強調す海埋め成りし火力発電所

人工の風景、産業の象徴ともいうべき発電所風景を活写している。対象の性質上、情味に欠けるのは当然として、それにかわるのにきびきびとした言葉をもってする。八分の感嘆と二分の批判といった立場も、火力発電所ゆえ、うなずける。

園部洋子　愛知

雨の日は感度の悪き停止機の調節しつつ機を織るなり
糸足のなき太糸に追はれ織る夏は冬物最盛期にて
機場より園外保育の園児らを見れば疲れし心の和む

幼稚園の送迎バスの通る刻どちらともなく休憩をいふ
徹夜してとにかく東京へ送りたり夏柑一個まことに旨し

機織りに従事する女性の歌。忙しい時期の忙しい仕事に懸命に組んで、疲労しつつもむしろ生々とはたらく喜びの出ているのが好ましい。二首目など、専門の言葉をそのまま使って成功している。五首目は一首としての独立性の弱い難点をもつ。

昭和61年9月号

生れくる孫の名いくつ書き上げて癌病む夫の今日機嫌よし
国遠き孫に送ると老い夫がテープにこむる江戸子守唄
常夏の国に生れたる児はいかに土筆長けつつ胞子を零す
外国に生れ育つ児に日本の絵本選りつつ虚しさの湧く
花の香に幻の児が遊ぶかと月夜の庭の白きブランコ

栗田美代　千葉

前にも言ったことがあるが、巧いが味のない歌があり、巧くはないが味のある歌がある。巧いから味がないのではない。巧くないのが味になっているのでもない。美人でも魅力の乏しい人もあり、美人とは言えないのに惹きつけるもののある人もある。巧いに越したことはなく、美人に越したことはないので、下手に居直るのはとんでもないことだが、歌は顔と同じくただの構造ではなく表情としてあらわれる。言いかえれば歌の言葉は三十一字の枠の中で生きて振動している。その生きたもの、振動するものを伝えるのが短歌で、味とは、よろしきいのちの味と言えよう。

特選の五首は病気の夫、外国に住む息子夫妻とそこで生れた孫、といった家族の構成を踏まえた日常詠で、単なる報告にも終らず、いたずらに主観にも流れず、節度のある詩情が全体を覆っている。

哀愁と言いかえてもよい。四首目の結句が弱く、この一首には不満がのこるが、連作をそこねるほどではない。五首目の幻想的な作品はことに詩情豊かで、作者の力がよく出ていると思う。

斉藤智子　東京

呼び合へる子等の声退《そ》き城跡の人なき丘は穂薄そよぐ
軍用機低く旋回し基地近し秋草深き城跡の丘
この丘を駆け登り来る甲冑の武士の幻萩咲き乱る
何思ひ歩みゐる我か城跡の古き石垣に秋日澄む道
登り来る人の瞳《め》寂し草の実の熟るる丘の道下り行くとき

城趾の秋という恰好の時と所を生かして、今というその現場への目配りもよく、歴史の深みにも踏込んでいる。奇を衒うことなき正攻法を評価したい。沈静で、透明で、さびさびとしつつ人懐かしい気分は秋という季節に加え、作者の人柄にもよるのであろう。

佃　加寿子　高知

働きて働きてその身朽ちにしか友の遺影の目に痛々し
亡き友の育てしならむ出揃ひし麦の穂なみのはろばろゆらぐ
五月雨は喪服の裾を濡《ぬ》らしゐてわが佇つかたへ田蛙の鳴く
仏名となりたる友が黄金の車に乗りて旅に出で立つ
心労にいたく窶れてゐし友の俤うかぶ四日五日がほど

友の死を悼む。その真情を、一つ一つ物の具体に即し、あるいは心像を紡ぐように歌って、訴える力をもつ。田舎で農事に従ってきたその生活のうかがえるのも死者の印象を鮮明にする。「黄金の車」

は簡潔で、するどく、その把握に痛みの心が出ている。

向後重太郎　千葉

久びさに訪れ呉れし友なればわが歌褒むる言に順ふ
眼鏡をばずり上げ乍らわが書きし色紙見てをり皺深き友
遠来の友の苞にと筍を探ぐる篁露の降りくる
深ぶかとつもれる朽葉押し上げてここぞと呼ばふ如き筍
帰りゆく友の姿を見送りぬ夕靄ぬちに隠れ入るまで

隠居のような暮しをしている作者のもとに久しぶりに友人が訪れた。その喜びをしっとりとした息づかいをもって描いている。君子の交りのごとき落着いた喜びである。あるいは中国山水図にみる隠居の淡交といってもよい。雅趣に鄙びた味のあるのが好もしい。

北山つね子　東京

にぶき音たてファックスに注文図入り来ぬ梅雨のあめ降りつづく
丸鋸の止まりて外す合板のめぐりにしるく木の香りたつ
製図一面終へたる区切りに目薬をさしし子が首を大きく廻す
納入日せまりて励む夫と子の好むシチューを時かけて煮る
庖丁の音たのしみに聞きゐしと仕事終りて夫の言ふなり

町工場の一日が生々と描かれている。主婦で家業をも手伝っている作者、中心にいる夫、父を助け次代を担う息子。——ここでは働くことが喜びで、忙しさが家族の親和につながっている。具体的に細部を活写してゆく作者の力量には瞠目すべきものがある。

木槌もて鉈のみね打ち竹を割くわが腕ちから乏しくなりて
復員に職なく就きし竹職を転落として泣きしもはるか
朝刊を配るバイクの少年の挨拶として皓き歯見する
精こめてつくりし籠の意に副はぬ一つはあれどかい撫でて置く
つゆ晴れに草引きをれば竹の秀に郭公啼けり手を止めて聴く

榎本一介　栃木

竹加工という手織に戦後の四十年を生きて来た作者の生活詠であり、述懐である。「木槌もて鉈のみね打ち」にしても「草引きをれば竹の秀に」にしても確かな把握で、全体として作者の生活が浮び上がり、そこに老いの感慨のこめられているのが心を惹く。

嵐山迫るみどりを映したる川面にボートの白く遊べる
堰を越え落ちつつ水のしぶきなし白さえざえと夏光ちらす
堰落つる水のひびかふ重き音浴みつつ長き橋わたりけり
み寺よりみ寺へ行かむ細道は直ぐなる竹の限りもあらず
陽のつつむ明るさありて竹林の根方古葉をしろじろと藉く

内田民子　大阪

嵐山嵯峨野あたりの夏の遊びを歌って平淡の中に味わいの感じられる一連である。名どころを歌う場合はその名に囚われて形式的になり易いものだが、ここでは「嵐山」の二字以外ひとつも固有名詞のあらわれていないのにも作者の用意のほどが見られるようだ。

揃ひ立つ棕櫚の新葉のうす青しスープを冷ます間見てをり

陶山恵嗣子

雨足の途切れし空の明るめり棕櫚の尖り葉しなやかに巻く
新司祭の訪問のミサ始りぬ深く応ふる張り持つ声は
共に歌ふ若き司祭は清やかに香りたつごときものを触れしむ
足重く幾千の人が踏みし絵の磨耗に残る幼きイエス　佐賀

信仰が生活の中に血肉となって入込んでいるのが特異で又新鮮である。硝子器のもつ鋭敏な肌触りといったものに通う感覚がある。四首目「触れしむ」は司祭がそういう雰囲気を持っているのか歌いつつ何か神聖な物を信者に触れさせるのか、理解が届かない。

大澤白水　東京

自家用のみの田植といへどひねもすを深田にをれば背筋まで冷ゆ
五月雨に濡れて寒きか吾が入ればつづいて鶏《かけ》も土間に入り来ぬ
暗渠排水完了の碑も休耕の葦のおどろに見えずなりたり
休耕の葦群さわぐ峡の田に水鶏《くひな》鳴きいで梅雨ぐもる日々
恙なく深田の田植終りたる今宵田守りの神に灯ともす

一家の用に供するだけの作付けであるから営業農家からみれば僅かの反別である。また深田とあるから機械も入らないのであろう。その古風な農業の暮しが二首目五首目によく出ている。休耕田に寄せる作者の痛い思いも三、四首に適切に捉えられている。

真野みや　兵庫

夕まけて麦扱きをればわが額にふれんばかりに螢とびゐし
庭一面に扱き来し麦を干せし日は遥かなれども匂ひ忘れず

わが子よその子群れ遊びゐて前庭は雑草の生ふるひまも無かりし
松葉牡丹の咲く頃入院したりしが術後すこやかに今日も草とる
売らんもの未だ持ちゐしは幸せと人手に渡りし田を見つつ行く

過去の田舎暮しを懐かしみ、その思い出が幻想めいた美しい詩情をもって歌われている。かく過去が懐かしまれるのも、病後の身とか、田地を手放したとかの事情によるらしい。四首目がすこし弱く、回想だけで五首にまとめるのも一法であったと思う。

武藤義幸　山梨

鉄骨を吊り上げてゆく炎天に我は激しく叱咤を投げる
炎天に組む鉄骨の溶接に光に燃えて落つる火の屑
いのち綱長く曳きつつ炎天の鉄骨を渡る黒き人影
ビルを組む打鋲の音炎天にしんかんとして火花を散らす
安全旗吹きちぎられて鉄骨の上にはためく炎熱の空

炎天下の作業現場、その荒々しくかつ細心の注意を要する作業ぶりを緊張感あふれる気息をもって描いている。描き切っていると言ってよく、力量ある一連として推するに足りる。二首目「光に燃えて」はやや解しがたく三個の「に」の用法もこの場合気になる。

塩崎秋江　大阪

昨日とおなじ雀の囀りに目はさめて日日のあはひのけぶらふごとし
便りかきてあと所在なく昼を居りラジオは古き流行唄ながす
遠き日の流行唄きく昼さがり寂寥のうちにやすらぎありて

田植すみしばかりの小さき田街中にぽつかりとあり空を映して
葭簀積みしトラックがかたへすぎしとき隠り沼渡る風を思へり

平穏な日常の中に詩を見付けるのはむつかしいものだが、五首はその一首一首に詩の核ともいうべき発見があり、もしくは気分の色合いの出ているのがよい。五首目はことに鮮か。三首目の下句、調子の弱いのが惜しい。「て」は緩み手ゆえ用心してほしい。

浜田虎夫　北海道

雪消えて小雨に濡るる舗装路にスパイクタイヤの爪痕光る
びっしりと沈《しづ》く落葉を分け出でて水芭蕉咲く樹園の谷地に
湧く水の動きに白き影揺らぐ観音蓮とも咲く水芭蕉
二十年手をかけまし庭木々の花の盛りを逝き給ひたり
教練の指導たまひし人おもほゆアッツ桜の咲くを見つれば

一つの主題を追う作品ではないために統一感に欠けるが、水芭蕉の二首、作者の物を見る目の柔らかさと敬虔さが出ている。そしてその心は四首目五首目の亡き人遠き人を憶う心に通うものがあるだろう。一首目だけが異質で、五首にまとめ上げる努力がほしい。

昭和62年7月号

志田　谿　鹿児島

わが論の飛躍に過ぐと指すくだり肯ふほどに夜のけはひ沁む
単車音しげき時間帯過ぎて夜の思考にか入らむ灯る実験棟
誤差原因漸く見出でし日の果てて仰げばあはく風光器浮く
傍証のひとつと恃み目に追へばアナライザー記録針動き鋭し
減圧蒸溜綴る気泡の音立つるごと生れつぎてひと日事なし

前にも言ったと思うが、五首詠という本詠草欄の歌のかたちの本来はやはり連作で、投稿歌も大方その線にそっているのは成り行きとして自然であると思う。連作の心得については、中の一首も気を抜いてはならないということ、それを第一としたい。五首詠のような小連作ではことにそうである。具体的には、一首ごとの独立性を重んじることが大切であろう。一首だけ抜き出すと何のことかわからないようでは具合がわるい。また排列の順序にも意を用いたい。五首見当の連作は作歌の修練に恰好のものと思われ、作者の力倆も判断がつくものである。

特選の志田氏は研究生活を歌って題材に新味があり、同時にその対象が作者の実生活であることによって、説得力をもつものとなっている。真剣な研究者の日々の哀歓が、着実に歌われ、その世界は一般の読者にはなじみの薄いものでありながら無味乾燥に陥っていないのは、作者の感情の起伏がそこに添っているからである。二首目はかなり破調になっている。それも五首連作の中では一つの味というものであろう。

今井喜代　山形

昇進の一度だになく女われ機構の中に齢《よはひ》重ねつ
後輩の指示に従ふ日々にして均等法の巷に遠し
出勤の髪整ふる姿見に幾条鬢の白髪光れり
些かのミスも許さぬコンピューターに対へば若やぎ気の引き締まる
新型のコンピューターに囲まれて機械のごとくキー打つ我は

現代の職場の一つの典型ともいうべき状況が歌われている。総じて苦しく、悩みの多い、女の立場からする歎き歌だが、職業のきびしさに対する認識は四首目などによくあらわれている。気性のしっかりした、向上心のある作者であろう。

川をへだて背山妹山相見あふ上市《かみいち》の町ほそき雨ふる　　栩本澄子　大阪
満開の花しづもれる堤のした墓ひしひしと雨に濡れをり
さくら花びら食ぶるゆゑあはれ美味しとぞ吉野の川に育つ鮎の子
柿の葉ずし鮎の釣宿ひとつ流れに沿ひつつ人の営みはあり
来む日には湖底なるべし木も草もいまのうつつの風に揺れをり

三首目などに作者の美意識がよく出ている。技法もしっかりとしており、中でも三首目、四首目などがすぐれている。吉野への旅、それも花どきの旅といえば常套的になりやすいところを、情趣を保ちつつ情趣におぼれないで歌い得ているのがよい。

明恵上人ゆかりの寺の高き段石崩えし上に檜葉落ちたまる　　別井時子　和歌山
訪ねきて降り始めたる春の雪み堂はくらく燈明ともる
枯蓮の茎高く折れて乱れゐる池のにごりに春の雪ふる
春の雪あたりおぼろに見えながら木肌目にたつ桜の林
雪やみて淡き日のさす寺庭に万両のあかきこぼれ実の冴ゆ

明恵上人ゆかりの寺の一日に集約して、丹念に、重厚に歌っている。トーンは暗く、沈潜しており、春の雪といっても華やぎはなく、寂び寂びとしている中に、万両の実がくれないを点じているのにも心を惹かれる。ひそやかな、心ゆく、ひと日の行楽である。

蘭センターにならぶバイオの試験管花の概念越えて静もる　島本みすよ　和歌山
バイオにて成りし蘭とか貪婪な人智は天然の美を弄ぶ
苦味のみ舌に残りて味気なし水栽培とふ青きカイワレ
人間の支配に置かれしカイワレの土なき器に青青育つ
土知らず育つ三つ葉よ俯きて耕す農を置き去りにして

科学技術の進歩は農業や畜産の方面にも革命を迫っている。作者はその技術革新の尖端を実験研究室のような農事試験場に見て、驚きと怖れを声にした。批判もそこに出ている。まさしく今日の歌であろう。「花の概念」は主ある言葉だが、よく生かされた。

桜の花咲けるも告げて故里の兄の電話の声やさしかり　斉藤智子　東京
幾人《いくたり》のやさしき声を伝へくる受話器を拭ふ花曇る日に
ひとしきり桜花を散らす風のなか夢のごとしも歩みを忘る
夜の鏡花に疲れし我が居り桜花ひとひら髪にとどめて
住み馴れて幾年桜の季めぐる今年の花よ逢ひえし我よ

桜をうたって、その主題は、心のやさしさであろう。我と人と、そのかかわりのなかに花が咲いて、我も人も、花もみなやさしさのうちにある。生きることの、うるおいのある感触は無類と言っていい。二首目下句の把握は大事にしたい。

緩急に竹割きゆくに節々の弾づるリズムの腕に伝ひ来　榎本一介

春の香のわらび竹の子運びくる歌の友あり熱き茶を汲む
潔癖といふは時流に遅るるか俵万智など声出して読む
髪白き妻が厨に犬叱り竹串立てて虹鱒を焼く
遠山にただよふ桜見むと行く水響る沢は竹橋撓ふ
栃木

ここには現代のうしなった懐かしいものがある。竹を編む作業、春山のわらびや筍をもって訪ねてくる歌の友、そして山家らしいその暮しとあたりの風景、それらを作者は諄々と、また咄々と歌う。三首目の歌もいや味なく、微笑をもって受け取ることができる。

寂しさに安らぎの心交りつつわが教職の四十年終る
巣立ち行く子ら見送りし校門にこの春はわれの送られて立つ
わが心ずしんと重き定年に耐へつつ春の青き空見る
喜びも苦しみも今は一こまの思ひ出として終止符を打つ
華々しきこともなかりし生涯に悔いは思はず老教師われ
原田秋香
東京

定年をむかえる教師の歌。全体に型にはまったようなのが気になるが、丁寧に一首一首を歌って、全体として四十年の教職を去る人の感慨が手厚く重ねられている。信頼され惜しまれて去るよき教師としての人柄の出た連作で、連作の手法にも心を用いている。

移植せし芍薬の芽の伸びのびて施水の夫に光あまねし
畑中の小川の流れ清くしてせり摘む夫は風に吹かるる
永井まつ子
石川

快気祝すませし夫と日盛りに鷗の群るる港を歩む
選別の鰯は機よりはね上り昼の光にきらめきて落つ
水上げの鰯のこぼれ捕へむと鷗は日すがら河口に啼ける

中年の夫婦の平均的な生活の中に見つけ出された幸福の姿がさわやかに描き出されている。夫が病気をしたらしいことも、夫婦の絆をあらためて顧みさせる機縁になったのであろう。日常生活と、旅と、何れも光は明るく、風は透明で、向日的な気分を伝える。

高野勇五郎　栃木

遥かなる第一高等学校の追憶よその青春は繰り返しても良し
君が瞳のやさしさに会ひ我は生く思ふ人なき青春の日に
若くして逝きにし君よしもつけに八汐つつじと我が生き残る
ほのぼのと八汐が咲けば思ひ出づ手に触れざりしうら若き君
臈たけし君が吹きなす篠笛はわが生涯をさはやかに鳴る

老いて、忘れがたいのは青春の思い出であろう。追憶は追憶ゆえにうるわしいのが一般だが、作者のそれは内実において真実よきものであったことが思われる。老いの感傷というよりは、これは永遠のロマンチシズムといった相貌をもつ。手放しの讃歌である。

成宮宗一　埼玉

卓上に都わすれの鉢置けば来る客ら皆近寄りて愛づ
吾に似る齢の客と思ひつつ笑みて迎ふれば客も微笑む
子なければいつまでもこの小さなる店営みて吾ら老いむか

晩くまで商ひて妻と帰りゆく春月照れる私鉄沿線の道
二十年線路近くに住みをれば終電の音に夜の時刻知る

老夫婦で営む商人の生活を、生活の襞に分け入るように歌っている。長年の商売で客との心の交流のあること、自宅と店が別で通って来ていること、子供のないこと等、すなわちその生活の大概が僅々五首からよく透けて見える。平常心の穏和な生活詠である。

土屋みどり　東京

菜の花の濃く匂ひ立つ土手狭間長距離列車のひた走りゆく
風光る草生に摘みし濃むらさき野仏に添ふ色褪せぬ間に
新緑の山を背負へる分校の赤きポストをなつかしみ見る
いつの日に聞きにしものか木の橋を渡れば靴の底に鳴る音
無残なる老は思はずもろの手に万緑の風受けて歩めば

郷里にでも帰ったときの歌であろうか。野川があり、野仏が祀られ、木の橋があり、野花が咲いている。そこに身を置いて昔を思い、老いに向ういまの自分を思っている。一首だけを取出すとやや弱いものを感じさせるのは今後の課題であろう。四首目がよい。

荒武琴子　鹿児島

売船の札立てし小舟夕岸に満ち来し潮のままにゆれゐつ
満潮の豊けきうねりに船ゆれて隣る小舟に波おくりゐる
初生《はつなり》の稚木《わかぎ》の実まで袋かぶせ漁細きむらの枇杷守られつ
回遊の魚群に逆らひ水底をハコフグのひれ生き生きうごく

あかり差す風連洞の出口に映え緑若葉の眼裏に沁む

しっかりと物を観ることの出来る作者である。どの一首にも把握しているものがあり、信頼し、期待できる作者であろう。ただ五首目が弱く、惜しまれる。結句の「瞳孔に沁む」は気になったので改めてみた。最後に弱い歌がくるのは感心しない。

昭和62年8月号

術後五日断食の子がかぎりなく果物の名を言ふはせつなし

園部洋子　愛知

子を産まばよき母とならむ点滴を足すたびに話しかくる看護婦

ついでにて切るわが爪の固き音健康だねと病む子が言へり

恋未だしらぬ乙女の愛の詩を聞書しをりベッドに寄りて

病窓ゆ見る高速路燈をともし車ゆきかふ日暮はやさし

歌は新しくありたい。歌の新なるがためにはこころが新しくなければならない。見るもの、聞くもの——日々の生活は平凡でも、見る目、聞く耳によっては平凡とみえるもののなかに驚きがあり、発見がある。こころが新しくなり、そして言葉が新しくなるのであって、その逆ではない。

特選の五首、わが子の入院を沈着に歌って、しかもわが子への愛情がしかと感じ取られる。語法に無理がなく、入院生活のなかの折り折りの対話や所作や矚目における輝きのようなものをのがさず捉えているのがよい。一首目、「果物」であるのが清潔な感じである。二首目、気のよい看護婦への親和感が具体的に、かつは率直な感想に乗せて歌われている。三首目は、作者は不意を衝かれたかたちで、そこを即座に摑み取った。五首中、第一であろう。あとの二首はやや甘くなったり、弱かったりで、欲も出るが、五首読みごたえのある連作と言える。声調について言えば、平淡に見えて抑揚あり、結句の据わりもしっかりして、危うげがない。手術といっても心痛にはとおい病気のようで、母親はむしろ、こうしてまだ少年の面影をとどめているらしい息子のそばに居られるのを、楽しんでいるようすがうかがわれる。

斉藤智子　東京

海の香をかすか含《ふふ》めり故里の街ゆくわれの髪乱す風
さざめきて若きら行けばその昔《かみ》の我見るごとき故里の街
遠く在りて思ひ通へる蓮華田にうつつ虚しく家建ち並ぶ
石の橋小さく残りて水乾く幼き我の遊びしところ
父母のみ魂祀れる部屋に寝ねて故里の夜々の眠り安けし

帰郷の数日がうつくしく、思いふかく歌われている。田舎の変貌はどこも同じだが、その変りゆく家郷にあって昔ながらの家に眠る安けさ、記憶にのこる小さな石の橋、幻となった蓮華田など、現実に回想を重ねて、五首、抑制の効いた抒情歌の一連である。

北山つね子　東京

えごの木のしじ枝に満つる白き花をりをりに散るくろ土のうへ
五弁あり六弁のあり風吹けばえごの筒花ますぐに散り来
木の下に白くたまれるえごの花さきに散りしははや朽ちそめて
咲き満つる枝ひき寄せて掌に触るる風に冷えたるえごの総《ふさ》花
白くそよぐえご刻長く見て佇てば花の名問ひし媼は去りぬ

えごの花、という一つの主題に集注して、力倆十分の作と言えよう。四首目、「風に冷えたる」あたりは新しい把握の方向が出ている。二首目も観察に力をつくしている。えごは雑木であまり知られない花なので五首のような樹下の問答もおこるのである。

高林未央子　東京

六十路なるわれのこころに深傷《ふかで》ひとつ負はせて義妹《いもうと》電話を切りぬ
たましひの底におもたき疲れ積む西日いつまでわが部屋に耀る
薄き刃に薯の芽ふかく抉るともわがかなしみは削がれゆくなし
歯車の合はぬ話題を口に言ひ人の輪に居てつくづく寂し
さりげなき春の話題にこころ浮きかかるかたちにいたはられゐる

心のかげ、むしろ心の傷を見つめた心理詠で、憂愁がふかい。幻想にのがれず、その心の対置物を西日さす部屋や馬鈴薯の芽を抉る厨の仕事などに見つけているのがよい。五首目、違和感がやさしく肯定されて、春の気分を掬い取った巧みな一首である。

桜井雅子　静岡

教室のビーカーの中孵りたるメダカの稚魚のガラスより透く
引き上げたる水草の先眼ふたつはつきり透かす卵のつながる
教室に入る風温く綿の上に発芽せしマメの子葉《しえふ》をゆらす
テスト受くる児等の後ろの水槽に小さき命次々生まる
種の発芽メダカの産卵教室に生きる小さき営み続く

教室での理科の勉強を、教師の立場から明るく、生々と歌っている。児童も先生も一体となったあたたかい教室の雰囲気が、理科教材という具体的なものをとおして伝わってくる。気持のよい一連で、まだ若い作者なのであろう。

保田陽子　神奈川

雪どけのどろどろの径に踏み入りて途方にくるるいま我が感情の裡
一せいにゆりかもめ翔つ川の面に風波走る水脈の光りて
せきれいの尾を振る小さき視点にしてまた拘りのなみだこみ上ぐ
孤つ鷺番ひのアヒルも常のごと鉄橋の下くぐりてゆけり
いさぎよくこの拘りを棄てむと来て水鳥の群れの自在に見呆く

つらい思いがあって、その心の処理過程を一連五首に托している。川と水鳥たちと、それは多分作者の長年にわたって親しんで来た眺めであり、いわば真に原郷的な心の拠りどころといった場所なのであろう。哀切で、惑いの浄化を求める祈りのような一連といえる。

大木千代　福島

山墓につづく径の辺たわわにも零余子はゆるる数珠の如くに
彼の世にも苦行あるとふ夫のため墓に絡まる蔓草はらふ
墓石に清水そそげば戒名を伝ひし水のしばし乾かず
亡き人の涙こごるや墓地の樹の樹液は匂ふ吹き上げる風に
燃焼の際をかそかに蠟の火の音立つが悲しけふ送り盆

墓参の歌で亡き人への思いがその行為を通して丁寧に歌われている。単なる写実をこえて思念の領分に踏み込んでいるのは力倆だが、四首目の上句は比喩にとどまったようである。浮いたところのないのは墓と死者という対象に加え、作者本来の態度と見たい。

知多半島日間賀《ひまか》の島に伊勢えびを食みてうたへり八十路の友ら　川西弘晃　石川
六十年ぶりあひ見し友は腰かがむ柔道猛者《もさ》のおもかげ失せて
娘の墓を守りて名古屋をつひの地と定めて妻とここに老ゆとふ
横浜ゆ梗塞癒えしと来し友は片足曳きて妻の手を借る
長らへてまた来年も会はむぞと手を振り別る八十路の友ら

健やかな老いである。学校の友だちだろうか、六十年ぶりに逢うその旧友たちを通して、過ぎて来た年輪をかえりみる。感傷におぼれることなく、平明に、着実に言葉を遣って、新味には欠けるものの、まさしく健詠というにふさわしい一連である。

点滴に繋ぎて過ぐる生き死にの時の間も夫の髭は伸びゐつ　藤岡礼子　広島
おのが子の手による手術に助かりて痩せたる夫は歎異抄読む
リハビリに着せんと夫のトレーニングウェアー若やぎ見せん色を選りをり
自分史と言ふにもあらず部屋たがへ夫もわれも夜を物書く
言葉少なき夫との日すぎ庭木々の緑濃くなりて山鳥も来ず

夫の病気という人生の波瀾と、それをしのいできたのちの安らぎを丹念に、かつ思いふかく描いている。初めの二首、入院中の作が訴えるものを持っている。二首目は複雑な内容をよくさばき得た。総じて親和的な、幸福な生の基調が感じられる。

かつて血は燃えてゐたりき　目の前を静かに過ぐるメーデーの列　佃加寿子

むき出しに刃物類ならぶ店先を一抹の不安いだきて通る　高知
「あきなひ中」の木札をかかげ老夫婦ほそぼそと手焼きの煎餅を売る
身を寄する一樹のありてジャスミンは匂ひ咲くなり法照寺の庭
栗の花咲けるゆふべを恋猫の猥りがはしくわれに寄りくる

外部にむかってよく開かれた眼差というものがあり、その外部把握が浅いものに終っていないのは関心が通り一ぺんでないからである。一首一首苦心の作で、連作としての集中力は弱いにもかかわらず、五首は相寄ってあるまとまりを見せている。

雪つむ日かぼす浮かしし里の湯に浸りて青くわれは透くなり　中西きね子　山口
降る雪をへだてて見放くる電照の苺ハウスの光りが鈍し
池の面の水じわは春の光りのせすべるごとくにみぎはに寄せる
並木道青柳の枝のしだり枝のさらさらゆるる光が青し
労られゐる平穏を淋しめり海芋は庭に花青く立つ

青を基調とする一連で、それは作者の好みの色なのであろう。一首目の透明感、二首目の夢幻めいた眺め、この二首がよく、あとの三首は手慣れた処理が歌をやや弱くした。原作「見放く」はその方が調べはよいが、ここはつづくところなので「る」を補った。

養鶏にひたすらなりし夫逝きて鶏舎虚しく羽根の散りぼふ　益子みつ　茨城
いたづらに鶏の小羽根の風に舞ふ囲ひの内に亡夫の顕ちくる

亡き夫が丹精こめし飼鶏も鶏屋《トヤ》も安値に買はれゆきたり
産みたての卵湯気たち朝餉にと微笑み食みにし亡夫の遥けし
目を細め餌を食む鶏を眺めゐし亡夫の面輪を鶏屋《トヤ》跡に見つ

喪失の痛みを歌うが、痛みというよりは回想の懐かしさが前景に立っているようである。鶏舎のさま、病む夫の折折など、具体的に、的確に捉えられている。恵まれた素質の作者を思わせる。今後も、ゆめ、達者に詠み流すことなく、精進していただきたい。

金原喜美子　大阪

こまやかに青木の花の咲きゐたり姑の看とりに明け暮るる間に
絶えだえに息づく姑を離れ来て青木の花の暗きむらさき
安らかに眠りに入りし姑の手を離さで我もしばし眠らな
老い姑と添ひ寝の我と枕辺の匂ひほのかな白藤の花
みどり児のごとわが胸に眠る姑澄み極まりし魂と思はむ

姑と嫁との間には親子の間とちがってさまざまの違いがあるが、これは貴重ともいうべきうるわしい関係であろう。高齢の姑が病気になって看病に手がかかるのを、進んで受入れている。大変な日々だが、眉根を張って生きる救いのある一連として評価したい。

昭和62年9月号

斉藤智子　東京

朱《あけ》にそむ楓の一葉《ひとは》ひろひつつ友の話は子に戻りゆく
子を嘆く友と子のなき我とゐて仰ぐ紅葉の朱美しき
離るる子を嘆きて友は子のあらぬ我が境涯を羨しむと言ふ

青年となりたる姿思へども子は逝きし日のままの嬰児《をさなご》
子等の声賑はしく聞く公園に降りしく黄葉金に輝く

歌柄というのは、表現上の工夫をとおしてあらわされた人柄であろう。表現は努力で得られるところ大きいが、人柄は努力してもたやすく変えられるというものではない。そして、歌の上でもっとも匿せず欺けないのもこの人柄というものである。表現は衣装で飾れても、人柄という顔は生《き》のままであるほかはない。生き方の問題として、そして生涯のこととして、その辺の消息を問いつづけたい。

特選歌は亡き子を歌って澄んだ抒情がうつくしい。すでに悲しみは浄化され、浄化された悲しみが秋の風物に映え、秋の園に、子ゆえに嘆きを抱く友と、子を失って年久しい作者を並べ立たせる構図も映画の一シーンのようにイメージに富んで、五首は一首一首が意味に満ちながら相寄って渾然と呼んでよいようなまとまりを見せている。表現には無理がなく、見様によっては素直すぎるほどだが、たるみなく、無駄なく、言葉がまこと素直にこころに添っている。五首連作の効用を充分に意識し、それを生かし得たのは手柄とするに足る。

北山つね子　東京

ホイッスル吹き停車駅をマイクに言ひ乗務に励むをつぶさに見をり
地下電車のドアの暗きに対きてゐし若者は風のごとく降りゆく
席の空けば上司にすすめ自は立ちて仕事の話つづくる聞ゆ
白足袋を締むる花緒の若草色より眼を上げてその人を見る
まだ若き祖母の抱く児は膝に睡て夢見るらしき駅いくつ過ぐ

「電車」という題の、題詠を試みたような五首で、うまいものである。一首毎に情景を変えながら、

「電車」という五枚のカードを並べてみせる。どの一枚にも、人間への興味が横溢して、生々とした都市の風俗詠を成就している。詠草欄近来の快作であろう。

坂道を曲れば白き海隔て山は藍深し朝々下る
詰るごと矛盾突きゐし同僚が声落しいふその娘嫁ぐを
北帰行酔へば唄ひし学生なりき釧路の夜を電話に語る
確かむるほかなきデータ得たるのみ最終バスに眼をつぶりたり
分離筒を滴る液の韻律をひとつ拠りどに夜をゆかしむ

志田　谿　鹿児島

職場詠であり生活詠である。この作者の職場詠は、五首目にみるように実験室の計器やデータを主としているのが特色だが。今回は実験室そのものよりは、その周辺の人間関係や通勤途次の心のうごきといった面を主として、親しみやすいものになっている。

生き残り生かされてありドーム前核兵器廃絶われも叫びぬ
この極暑骨の髄まで焼かしめよかの日の如き八・六の空
プロレタリアの旗振り一生悔いざりき父逝きめぐりめぐる八月
特高の眼の中に死にし僧父よ八・六行進ビルマ僧団ゆく
もどかしく脆くとも言へ生き残り得てゐる証核阻止のことば

藤岡礼子　広島

風化することのない、心の底からの反核である。言葉だけの絶叫ではなく、父子二代にわたるいわば生え抜きの平和運動である。「生き残り生かされてあり」の言葉が重い。父との思想上のきずなを確めているところに、一連のリアリティが保証されたと言えよう。

夜ひと夜強き風音きこえつつ二十二階に旅やどりせり　別井時子 和歌山
高層のビルに朝日のさしそめて底ひの鋪道をまれに人ゆく
窓に見る六十階のビルにおく影かたむきしホテルにをりぬ
展望台の窓のガラスに記されし筑波山見えず秩父の山も
一筋に高速道路はビルを縫ひかすむ夕空に向かふがごとし

東京に来て高層のホテルに投じたときの歌であろう。その初めての経験が、新鮮な驚きと的確な情景の把握によって詠み据えられている。都市の風景を歌うのはむつかしい。ここでは旅人の眼がその困難に打向かい、生きのいい鳥瞰図一連を成さしめたと言える。

にんげんのなしたる罪もはかなくてふるさとに佇つ啄木の歌碑　成田恂子 愛知
米のかたに残されしとふ飴色の羽織袴が記念館にあり
愛の永遠性を信じ候と石川節子のさやかなる文字
有難きと詠まれし山にまむかへりつつむがに生家に迫れる山に
啄木も仰ぎみにけむ不来方の柏若葉の風にひかるを

啄木がいまなお人々を惹きつける理由は何か。作者は啄木に惹かれながら、その理由を出来るかぎり冷静に考えようとしている。啄木の破滅的な生き方、その妻の立場、啄木における故郷の意味、それらが具体的な形象をとおして、問われている。

成宮宗一　埼玉

病院に今日は行けよと妻に言ふ幾たびも言ふ叱る如くに
老人医学書いつまでも読みてゐる妻にほどほどにせよと言ひて寝に就く
病院に妻を送りゆく青葉道空に健やかな鳩が群れ舞ふ
糖尿病と言はれて帰り来し妻は姉と同じになりしと嘆く
妻病めば浅き眠りに起き出で一人祈れり朝の光に

わかりやすい、また共感することのできる生活の歌である。頼り合っている夫婦の、妻の側に異変が起こる。そのときの夫の不安や心配が手に取るように歌われ、ことに最後の一首は思いが深い。浅き眠り、一人の祈り、朝の光、みな言葉が生きている。

石井ゆん　山形

歌詠むと朝より黙し足らへるを老の孤独と娘は思ひゐむ
わが焚きし歌反故の灰清らかにわづかの嵩となりて残れり
読み古りし短歌雑誌を括りゐて歌にかかはりし歳月おもふ
所在なく削りゐる鉛筆匂ふ日の梅雨は朝よりやむともなく
忘れゐし若き日のこと切れぎれに浮びくる夜を青嵐吹く

歌詠む自分を歌にするというのはなかなかむつかしいものであるが、ここではその作歌懸命が歳月の思いに支えられて、いいかたちに出た。作歌が生きる上での力になっていることは多くの人について言えるところで、これはその一つの証言といった一連である。

石川　彰

土方してわれらを育てし母老いて歩幅二寸に足を引きずる

北海道

亡き母が死を口にせし成沢の峠に佇てば眼濡れくる
亡き母とおごりて五銭の蕎麦食べし町に下車してかけそばを食ぶ
若き日の母を偲ぶもまなうらに顕つ俤は背を屈めゐる
干す梅の香り入り来る戸の陰の闇に亡き母顕つかと見つむ

亡き母の回想というのはよく詠まれる題材で、新味に乏しくなりやすいところを、ここでは、回想をあくまで具体の側に引き寄せることによって、共感し、納得することができるような具合に歌われている。骨法を心得た、力のある一連といえる。

園部洋子　愛知

舶来の部品はづして試運転の中古織機は意外にかるし
試運転終へて織りだす三の台高級ウール黒の光沢
夏ははや冬物を織る生業のわれらに四季の時差ある如し
馬鈴薯の白花みゆる織台に風がとどけり日盛りすぎて
男の夢支へて共に生きたしと君に嫁ぎしわれ若かりき

織物の職場に働く人の哀歓が過不足なく歌われている。よくなじんだ職場であることが思われ、哀歓といっても仕事に熱意をもって向っており、工場にとっても大切な働き手なのであろう。気分の上での統一感にやや欠け、後二首の抒情的な部分がやはりいい。

森　正子　東京

燃ゆるごとれんげつつじの咲く山に汗をぬぐへば包む花の香
柔らかき若草の上寝ころびて幼な日のごと変はる雲見る

若葉蔭ひとすぢ通る山路に赤いリュックが見え隠れ行く
山の上風に憩へばからまつの林にせつせつとくわくこうの鳴く
花の名を聞く彼手折るちごゆりを胸に飾りて若葉蔭行く

清潔な、若々しい感じのする一連である。春の山行きで、花が咲き、若草が萌え、風が吹き、恋人らしい人のかげもある。幸福を絵にしたような歌で、柔軟な歌柄がよくその内容に合っているのが、一連の好ましいものにした最大の理由であろう。

古賀三智　宮崎

亡き母の座椅子の凹みにわがからだ凭せて通夜のざわめきを聞く
母植ゑし夏柑一つ実を残し通夜の部屋より浮くごとく見ゆ
夏柑の熟るれば手提を脹らませ娘の家訪ねし母今は亡し
吾が事に追はれて気付かぬ母の老い亡きあと悔の残りてやまぬ
小使ひを僅かづつ積み五人の娘に母の遺産は何より重く

母の通夜の席にあって、母を回想する。母の用いた座椅子の凹みにわが体をあずけるという把握には確かなものがある。二首目も夏柑が浮くごとく見えるという眼前の景によって一首が生きる。三、四首目は回想が感慨の方向に流れて弱くなったようである。

坂本八重　高知

雨降れば夫の遺せし黒き傘ためらひもなくさして町ゆく
白き雲北に流れてゆくなべにふるさとの峡靄こめてゐむ
ふるさとの山に夫逝きいくたりの霊眠らせて檜育ちぬ

足裏に土やはらかき樹陰ゆく萱刈りし日の夫のまぼろし
湧き水の岩間に生れてかなしみの彩に染みつつ川となりゆく

穏和な詠風のなかに、しみじみとしたものが流れている。自然と人間、そして死者と生者が一体となったような親和的な世界の中で、しずかに時間が紡がれていく。「かなしみ」を歌っても、かなしみはそういう自然の中でなだめられているのである。

昭和63年7月号

北山つね子　東京

さはやかにわが姓名乗《なの》る新嫁の電話のこゑに胸熱くをり
この様にはキャベツの繊切り出来ぬといふ新嫁よわれも遠き日言ひき
新嫁にわが縫ふゆかたの紫陽花の模様を佳しと夫の言ふなり
より添ひて子と新嫁が神輿につきてゆくを見送り心やすらぐ
紫陽花の浴衣いつまでも着てゐたき新嫁よ 孫《うまご》をわれは抱きたし

時間を大切にしたい。二十四時間が勉強だと思いたい。歌を作り、歌を読むことだけが歌の勉強ではない。洗面、歩行、坐臥屈伸のすべてが歌の勉強の場だと心得たい。

中でも読書はもっとも大切で、歌の本とかぎらず、古典を中心に、広く学芸思潮の精を身につけるようにしたい。音楽、美術についても同様。美を研ぎ、心を養うことが歌の勉強なのである。歌だけが上手になればいい、と思わないこと。人間が豊かにならないで、作品が人を感動させることはない。作品はその人の顔であり、こころの鏡である。

特選北山さんの五首は、わが子に新嫁を迎えた母親の感情の襞が、くっきりと歌われている。一首、一首、沈着に、その感情の要所を具体的な事物に託して歌われているのがよい。総じて喜びが基調をなしていることは言うまでもないが、そこにはよき姑たらんとするこころの張り、あえていえば健気さのようなものもうかがえないわけではない。家の暮しの変り目にあって、その喜ばしさを、いわば母親としての淋しさの一面には触れることなく、晴れ晴れと歌い上げている。向日的な、美しい、心洗われるような一連と言うに躊躇しない。

斉藤智子　東京

現し身にかたち馴染みしオーバーの安けし風ある道に出で来ぬ
裏道を通るは安し冬の日は辛夷の花芽つつみて光る
梅の蕾ふくらみそめし園に入る昼とけぬ霜の輝き踏みて
いち早く連翹の黄のほころびぬ日溜りうれし土手に沿ふ道
帰りきて靴の汚れを拭ひをり落せる土に春の香の立つ

早春の清らかな光と風の中に身ひとつを置いて、自然との交感のゆきわたった一連である。安らかで、かつ寂しく、何かそういったこころの幸福感が、花にはやや早い辛夷や梅や連翹への心寄せをうつくしく研ぎ出している。作者の姿のくっきりと見えてくるのもよい。

佐藤小豊　山形

念入りに刷毛かけられて売られ行く牛は新しき手綱着けらる
夫に牽かれ売られ行く牛の黒き背に梅の花びら翻り散る
トラックに夫が先に乗れば急ぎ乗る売られ行く牛の斯く素直なる
娘らを嫁がせし日のごと寂しみて牛を売りたる夜を夫と居り
売りし牛の角研ぎし柱磨り減りて牛舎に立てば心空しき

育ててきた牛を手離す淋しさが、しっかりと詠み据えられている。いずれは食肉となる牛、それだけに、飼主の愛情は痛みをともない、その心をもってわが子のような牛との別れをうたう。感傷におぼれず、情況を活写する手腕は、並のものではない。

引き潮が叢濃《むらご》に染めし黒砂に踵圧しゆく今日のうつしみ
太古より波うちつづく冬渚身を行かしむは時を逝かしむ
次の波寄するつかの間ぬれ砂は光りて春を呼ぶ雲うつす
満ち引きは月のまにまに春潮のやさしき波はわが手に遊ぶ
あくがれていづこに立ちし鳥ならむ汀に辿る跡とぎれをり

多田和子 千葉

海は人を思索的にする。ひとり海辺に立ってものを思うとき、人は時の流れの中に置かれた現身の嘆きをあらたにする。一連には写実を超えたそういう詠嘆の深さがあり、語の運びも確かで、一読、海辺の景ひろがり、人生というものへの真摯な問に連れて行かれる。

掘りし芹その沢水にすすぐ根の輝く白の匂ひつめたし
芹を掘るおゆび冷たき沢の辺にあざみの刺のぬるるがに青し
沢の面をゆるく移《うつ》れる萍《うきくさ》はつかに花の黄の色ふふむ
旅に立つ友との酒宴の果てし夜を黙して熱き芹粥をたぶ
思はざる春霜降りてうす寒き朝餉の粥に芹の光れり

中西きね子 山口

芹を歌う。なかなか歌いにくい主題だが、生活に即し、といって生活につきすぎることもなく、詩情あふれる一連になっている。沢水にみずから芹をつむことからはじまり、以下の展開に一種の意外性といったものもあって、読ませる。

内田民子　大阪

幹くろく並木はありてさし覆ふ枝《え》に満つる花の限りもあらず
桜並木の光とどかぬ樹下ながら花よりひかりこぼるるごとし
お堀へだつる土手の桜のさしのぶる枝は水際にとどかんばかり
お堀辺に光を返す車ゆき水の面に春のひかりは走る
三日まへの雪に凍えし桜花なれ今日陽に満ちて咲ききはまりぬ

丹念に桜をうたっている。「幹くろく」にしても、「光とどかぬ樹下」にしても、よく見て、あたらしいものを見つけようとする心の向きが感じられ、作柄はおとなしいが、意欲作と言えるかと思う。花どき雪の降った異変も、一連を助けている。

成田恂子　愛知

スカーフをみだして歩む風の街捨てたきもののまつはりてきて
まなうらに佇ちて直なる朴の木によりて告げたき思ひ出のあり
水色のベンチに無数の花びらがはりついてゐる雨の風景
花びらがおほひつくせる川の面をゆるがせて黒き鯉あらはれぬ
菜の花の川原にあそぶ児ら二人赤きブラウス白きブラウス

心理的な表現意欲の目立つ一連である。そして作者を取り巻く風景のとらえ方に独特のものがある。このような作風の場合、作者の感覚の冴えと語法のいさぎよさが要求されるが、一連はその要請にかない、危うげなく五つの歌の歩みを歩み切っている。

朝はやく梅花見をれば雑木の葉ならす風音きこえくるなり
雲うつり日のさしくれば白梅の万朶の花はかがやきをます
白梅にまじるひと木の紅梅の色を讃ふる幼児の声
咲き満ちて白梅の影ひろがれる若草は踏む靴にやはらか
白梅の花のあはひに西方の海上とほく淡路島みゆ

別井時子
和歌山

自分の世界というものを持つ作者である。梅を中心に風景を歌って、作者はひたすら景を写そうと勉めているなかに、おのずから作者独自の気分といったものが滲み出る。奇をてらうことなく、正眼にものを観て、そこに固有の声が立って、声に、強いものがある。

憂ひごとすべて忘れぬ桜咲き火山灰《よな》降らぬ園を友と歩めり
楊柳のみどりに春を托したる亡夫も顕ち来ぬ桜仰ぎつつ
昨日ゆきし公園の桜想ひつつひと日降りしきる雨に隠《こも》りぬ
小指ほどの紫陽花のつぼみ覗き見る桜ながしの止みし狭庭に
東京へと孫娘が離りて淡きいろの花大根の花がゆれゐる

鎌田ひろ子
鹿児島

おだやかな気分の歌である。「憂ひごとすべて忘れぬ」とあるように、憂いごとのない日常ではないが、歌はその日常の感謝すべき、よろしき部分をこころ美しく歌っている。日常を平凡と言ってはならない。読者は一連のなかに、歌のもつ救いといったものを感じるだろう。

石渡真一　千葉

架設して間のなき橋の継ぎ目より苦菜《にがな》は長けて潮風に咲く
あたらしく整備竣りたる岸壁にクレーンはおのもおのも向き変ふ
曇りきてふたたび晴れし基地の空へリコプターはけたたましく発つ
並み建てるコンビナートに点る灯の暮れなづみつつ数を増しゆく
残業の磯辺明るく灯点してしきり呼び交ふ人の声々

港湾の建設現場に働く人のようである。働く人かどうかはわからない。そうではないような気もするが、把握の確かな、そして歌を詠む態度のはっきりとした、安心して読める一連である。こういう種類の歌の少なくなってきていることは、憂うべきことに思われる。

山田公子　愛知

新しき地図帳買ひぬまひるまを少し流離のおもひ抱きつつ
風景は簡明にしてまつ黒な楡の一樹が立つばかりなり
熱き息かかりし耳輪はづしゆく確かに彼は嘘を言ひゐき
夜の卓にレモン一顆を転ばしてわが憂うつをあそばしてゐる
凩ふけば凩にふかれて歩みゆくもう何処《いづこ》へも逃れ切れざれば

詩情あふれる一連である。ややにがい詩情。省略の効いた語法を身につけた作者で、心情に見合う言葉が、的確に、無理なくつむぎ出されている。つむぎ出すというよりは、自然に浮び上がって来ているといった具合で、その呼吸が成功している。

渡辺禎二

リボン截り幕とり去れば新しき骨標本となりて師の立つ

群馬

標本となられ給ひし師の御骨背骨真白くすぐれて太し
この顎の御骨うごかし吾が耳朶に訓へしか師の遺骨を仰ぐ
実験の手技示されし師の御手の骨標本の垂れて動かず
下顎骨広く張りたる師の骨の標本は寂と弟子ら見おろす

解剖学の教室などであろうか。特異な題材で、日常の理解からは無気味だが、作者は感傷に溺れることなく、またグロテスクを強調することもなく、平静に、先師の全身の骨標本に向きあっている。冷厳といえば冷厳。だが心までが冷えているのでない。そこに救いがある。

大澤白水 東京

代掻きて泥水匂ふ狭間田に夜空にひびき蛙鳴くなり
背筋まで冷ゆると父が嘆きゐし深田の田植今する吾れは
老い吾れの深田の田植ゑ終りしを告げて田守りの神に灯ともす
いづ方をめざして生きる農ならむ米余る世となりて久しき
遠き祖がをらば嘆かむ葦しげる休耕田を吾れは寂しむ

農を歌いつづける作者で、ここに歌われている農は、近代農法とはおよそかけはなれた、昔ながらのなつかしい、敬虔な農事である。こういう伝統がいまだに守られていることは感謝すべきことであり、作品もまた、しみじみとしたものになっている。

昭和63年8月号

別井時子 和歌山

石垣のうへの桜は花の色の雲のごとしと遠く見てをり
遅れ咲く桜の下のベンチより見えて日の差す花に人よる

連隊名記《しる》す碑の建つかたはらに今生の桜ひともと咲ける
酒保ありしときの円卓子移されて忠魂碑建つとなりに遺る
桜木の枝は大きく揺れゆれて颪のすぎゆく花の下にをり

毎度言うところであるが、応募歌の五首は五首としてのまとまりを持っていることが望まれるが、そうかと言って、そのまとまりを得ようがために、結果として、一首一首の味を薄くするようなことがあれば、それは歌の勉強のために、とらない。瀬戸の大橋を歌うのに、渡りはじめから渡り終るまでを報告的に歌っても、先ずいい作は出来そうにない。感動の中心を一首にまとめ、ついでまた一首にまとめるといったふうにして、五首に到るのがよい。そのとき、連作という意識は、いちおう頭の隅にしまっておく。一人立ちする一首、一首なくして、五首はないと心得ておくべきである。

特選の五首、どこか連隊のあった城跡の春の眺めであろう。語法に粘着性がありつつ語の運びに渋滞感がなく、つよい、しっかりとした視線の感じられる一連である。そこには軍国時代の名残があり、それが桜の花と結びついて、直接言葉には言っていないが、底に、時の流れというものにたいする傷みの心が基調としてあることが、歌を切実にしている。「円卓子」は「円卓」と同じで、あるいは軍隊ではそう呼ばれていたのかもしれない。桜によせる感慨が、軍と、兵と、忠魂碑に集約され、感銘がある。

荒武琴子
鹿児島

燈籠の灯の影をひく石畳雨は参道の夜を早めつ
踏み古りし敷石ぬれて燈籠のあかりは凹む石面をうつす
燈籠のともる境内は鎮もりて石の竜の吐く水音ひとつ

みだれたる曲物《まげもの》の柄杓並べゐつ夕水うごく御手洗の上
暮れそめし社の棟に相並び菊の御紋は夕霧に浮く

どこか由緒ある社に夕方参詣して、その沈静な気分を描き切っている。力倆のある一連である。曲物、又は絽物は、桧杉などの薄い材を曲げて作ったもの。「曲物の柄杓」は少し細かすぎかも知れないが、近頃は金物が多いので、床しさの感じを出したかったのであろう。

斉藤智子 東京

雪柳白く揺れゐるところより桜咲く丘へ細道つづく
丘に咲く桜を訪ね登りゆく朱の椿散り乱る道
去年の秋短日暮れて下りし丘今日咲きみつる花に明るむ
丘の上ゆ灯ともしごろの街見ゆる咲き散る桜の木々を透かして
立ちあがる我が影淡し丘の辺に散る花踏みて帰らんとする

桜を中心に、雪柳、椿などを点出して思い出の丘への再訪を歌っている。風景を先立てながら、だが描こうとしているのは単なる風景ではない。優情とも、あるいは憂情ともいうべき、こころである。こころの優しさと憂愁が、一連に滲透している。

中西きね子 山口

病みをればわれの額に幼子がぬれたる如き小さき掌を置く
熱のこる気だるき朝をしなやかに裾にまつはる猫のうとまし
わが為に入れし紅茶に透くレモン戸外の闇をたたせて匂ふ
目に見えて列車すぎたりこの窓のわづか遅れて硝子が震ふ

子の発ちて音なく雨の降る宵を黙せる夫の肩薄く見ゆ

いい感覚のある作者である。特異な感覚、といってもよく、その得がたい資質が表現のかたちにおいて素直に、言葉に無理なく置かれているのがよい。今後のこととして、表現において荒れることなく、このままの方向でこのよい感覚を育てていただきたい。

川本たけ子　兵庫

谷川の清水片堰く巌にて白き鶺鴒しきり尾羽ふる
ひるたけて日反る草葉を縫ひ生ふる野苺の花の白き一群
夢に現れし亡き夫まとふ白衣の衿もと直せり妻なる我は
霧島つつじの闌けし花つみ思ほえり植ゑし夫亡き六年《むとせ》もろもろ
満天星の若葉萌えだつ公園に白きベンチ見ゆ真昼のしじま

亡夫追慕の歌が二首あり、そこには夢で夫に逢う歌を交えている。この一連の感じは、やはりそういう亡き人への思いと、その思いの夢幻性といったものを基調としているようで、透明感と哀感がうつくしく徹っている。語法にも破綻がない。

栗田美代　茨城

亡き夫と守り来し家を手放すか本棚の跡畳くぼめり
取りはづす亡き夫の手の表札は陽にぬくもれり生くるごとくに
亡き夫と培ひて来し丹つつじの今年の花の照り極まれる
鶯の鳴き戻りつつ白藤のさゆらぎは曳く夕づく光
ふり返る若葉の中に永住と思ひし我家見えずなりたり

いまは亡き夫と長年住んできた家を人手に渡す。家を空け渡すことは思い出を消すことである。その悲しみを、感傷におぼれることなく、一首一首、具体的な「物」を押えつつ思いふかく歌い上げている。居を移されたのちの歌境の深まりにも期待したい。

栩本澄子　大阪

からす羽に水たたきゆく追叉手《おひさで》とふ漁りを近江の湖に見て佇つ
叉手網にしたたる若鮎のぎんのいろ夏はこびくるいろとおもへり
夜もすがら宿りの窓に鳴りとほす瀬音にまぎれ雨降りいでぬ
けさ晴れて毛虫もゆっくり散歩する野のみち幼なと手をつなぎゆく
ひろびろと植田めぐらす湖べりの四五戸は水漬くごと隣り合ふ

用意のいい、沈着な作品で、丹精こめた仕上げを思わせる。湖面にあそび、近江にのこる何か珍しい鮎漁を観ての一連。こういう特異な題材は報告になったり表現がはんぱになって読者に伝わらないといったことが起こりやすいが、乱れなくさばいている。

佐藤小豊　山形

軒下の三尺下《さが》り藤咲き満ちて幾千房の連らなり揺るる
老い初むる額に藤花ふるる時立ち止りたり花を簪に
日に幾度藤花の香に魅せられて蜂の如くに夫と寄り立つ
陽に透ける藤花に縋り蜜を吸ふ熊蜂の群の羽音止まざり
抱き来て九十の母を立たす時風渡り来て揺るる藤花

幾らか無器用なところがあるが、わが家の藤の盛りをしっかりと詠みすえている。単なる矚目ではなく、そこに作者が出、家族が出て、日常のなかにおける祝祭的なよろこびが老いへの自覚をとかして出ているのがよい。「三尺下り藤」は一語である。

岡村照子　大阪

颪を呑む息づき太き鯉のぼり日に日に母のいのち細りつつ
水木咲く庭を孫らに担がれて母の柩は旅立ちたまふ
葉桜のひかりかがよふ道を来て母の御骨はふかく埋みぬ
天寿祝ぐとふ母の葬に紅白の「悔みがへし」も子にはかなしき
二年余を母がたたかひし病院が夕日に映ゆる車窓はるかに

母の死を、思いを込めつつ美しく歌っている。一首目の、不安を鯉のぼりに寄せた着眼、二首目における精細な描写をとおしての哀悼など、すぐれている。三首目はやや常套的な処理を思わせるが、総じて、天寿を全うした母への、なお絶ちきれぬ名残の思いが切実である。

寺中綾子　兵庫

おほちちの通ひ慣れたる林道にたましひ濡れて夏の鶯
針箱に糸を通せし針ありて癒えぬままなるふたたびの夏
薄墨に昏れゆく丘の雨深くをみなの齢おほかた過ぎし
乳のしみ残る単衣を解く糸の軋みも杳き愛しみとなる
かずかずの物を載せきし小さき手に包みえざりし愛といふもの

齢の闌けようとする病弱の作者の感傷が、美しく歌われている。主題とはもともと観念的なものだが、それが生きるかどうかはその主題を寄せる対象の把握如何による。そのあたりの呼吸も作者はよく心得ている。哀傷しつつ歌は流れていないのである。

造影剤の点滴受けつつCTのベッドに心も身も冷えてゆく　島本みすよ 和歌山
わが臓を八つ裂きにして撮るCT閃光がドームのなか駈けめぐる
泣き呉れし姉の涙が励ましのどの言葉より深く残れり
誤診とも知らず怯えし三週間癌の告知はなすべきならず
彼岸より見たる心地の三週間この世隈なく輝きてゐし

癌の疑いに魂消える思いに過ぎた三週間を克明に、かつ言葉つよく歌って、力倆のある一連である。何でも歌いこなせることを思わせる作者で、時にはその才気と語法の自在が歌から落着きを奪うこともありそうである。沈潜を心掛けつつ、才能を大事にして頂きたい。

孫の手に人さし指が握られて何の絆ぞこのぬくもりは　浜園洋子 鹿児島
一歳の孫の運びし寿司皿を六十五歳の夫が受け取る
矢車のからから風になる夕べ兄となりたる孫思ひをり
聞こえ来るハミング夫の新世界包丁をとぐ窓の下より
かつてなきわが髪染めに手を貸しぬ病は人をやさしくするも

祖母としての浄福世界である。あるいは老夫婦の静かな余生のよろこびの歌である。そして歌柄も内容にふさわしく静かで、かつ日常的であるが、その平坦な日常における小起伏——起伏というよりは心の彩が、やさしく、歌を生かしている。

土屋みどり　東京

こんもりと闇を抱ける街路樹に立ち騒ぐ風を聴く町はづれ
衛兵は銃を捧げず公園の柵に隔たる基地のゲートに
音高く空飛ぶさかな尾を上げてヘリコプターは地に還り着く
営庭のひと隅にしてラッパの音憚るごとく短く終る
首飾り編むと摘みたるクローバーの花白し基地のフェンスの内に

基地のある町の嘱目で、ていねいに、破綻なく歌われている。そして一連の底にあるのは或る不安といったものであろう。あるいは一種の違和感といったもののように思われる。五首目、四句の原作は難があり、一応このようにかえたが、なお推敲を心掛けて頂きたい。

昭和63年9月号

土屋敏夫　群馬

さくさくと氷を削る音涼し夜の店内に団扇動けり
縁台にかき氷食む親子連れ涼風渡り宵の安らぎ
浴衣着し女の客は涼しげに夜の店内を清しくなせり
早朝に氷配達せし我の少年の日の思ひも浮ぶ
配達に行けば優しく労りて菓子などくれし人も懐かし

歌は自然体がいい。自然体のままで、平凡に堕ちることなく、作者の人間性や生活がくっきりと浮かび上がってくるようなのがいい。推敲に推敲を重ねた末の、格闘のあとをとどめたような作品も尊いが、到りついた作品というものは、推敲の果てに推敲の痕跡を読者に感じさせないものでなければならない。そういう作品も自然体で――というよりは、それが理想的な、真の自然体であると思う。特選の五首は郷愁をさそう夏の風物詩である。表現にいささかの無理もなく、やすやすと歌って、詩情溢れる日本の夏を現出せしめている。年輩の作者と思われるが、そのかみ、氷の配達を手伝ったという少年時代の思い出をもそこに重ねて、回想による時間の厚みがいっそうの懐かしさを作品に加えている。さらに言えば、眼前の景として描かれている氷店の客たち——団扇をつかったり浴衣を着たりしている客たちの様子は、どこか過去が現在に滲透してきているといった気配もあり、平明率直な歌口ながら、内実は過去への懐かしさにふくらんで、単純ではないのである。

高野勇五郎　栃木

先祖らの墓を移すと掘りおこす苔むすふるき土が匂ふも
神主の祝詞の合間にとほき田のひるの蛙がひとつ聞ゆる
墓の木は母なきわれの涙にて育ちしことを知る人はなし
幼き日逝きにし母に会ひたくて抱きし墓に鍬を入れたり
掘りおこす土の下なるははそはに近づくままに涙が落ちる

墓を移す。その理由は語られていないが、作品としては何の不都合もない。切実に、端的に、母の墓石の前に立って心のかぎりを歌い、母なき幼時の嘆きにおよぶ。墓の木はわが涙によって育ったとの詠嘆は、類をみない哀切な把握である。

渡辺成雄　新潟

透きとほる出湯に浸る四、五人の老いに混れり老いは語らず
混濁をかかへし器《うつは》うつしみを湯に沈めゆく透る出湯に
ゆつくりと山の出湯に沈むときこの身緊めくる地の霊《たま》おもふ
こんこんと湯の湧き出でて魂のほぐるるごとし昼の湯ぶねに
精神の贅肉遣《や》らひしその身なれ老いは出湯に透くごとくゐる

精神と肉体について独特の感覚を持つ作者を思わせる。ひっそりとした山の出湯、そのひそけさを際立たせるように、声なく、音なく湯浴みする老人たち。どこかこの世ならぬものに気脈を通じるような情景で、作者はその他界的な透明感、離脱感に自己を托している。

北山つね子　東京

窓に置くコーヒー揺るるともなくて晴れたる松島湾を船めぐりゆく
海蝕のあと不思議なる仁王島・鐘島芭蕉は句を詠まざりき
神馬老いて余生を送る馬放島松の厚らに茂りて蒼し
松の島浮かぶあはひに簀立あり海苔しびありて人の働く
船窓に風鋭く鳴りて海の面をかもめはなべて身を締めて飛ぶ

堂に入った旅行詠である。目は確かで、見るべきものを見、海風に飛ぶ鷗への感情移入にも力倆が出ている。こういう対象はむつかしく、えてして絵葉書になるところを、危うげなくさばいて、その巧みさは自己に引きつけた一首目にもうかがわれる。

錦織ミチヱ　神奈川

花植うる寸の余地なき庭なれど植木の市を飽かず見めぐる
小手毬の枝はさやぎてとなり咲くえにしだゆれず風の過ぎたり
走りつゆ明日は晴れよ父の忌へ藍の服着て旅立たむわれ
今朝も又研ぎ怠りて包丁の刃音の鈍く汁の実きざむ
読み返し一首を捨てぬかつて見し誰ぞの歌に似ると思ひて

日常詠を取りあつめて、格別のことが歌われているわけではないが、ふしぎに作者の心のかたちといったものが伝わってくる。そして何よりも清潔なのがいい。三首目、「藍の服着て」の把握が生きた。二首目、発見があり、歌い得て、透明感がある。

九十九折りの山路曲るたび道路鏡に吾ののるバスの小さく映る　内田民子 大阪
雨しぶく吉野の山よ雲ひくく垂れてまなかひの峰をとざしぬ
ぬれし石の階をのぼりぬ傘をうつ雨音に身はつつまれながら
北向きていいます陵声とほる野馬は若葉ゆらして鳴きぬ
雨やみし青葉梢の樹下ゆけば風にしづくの時折おちぬ

旅行詠の雅なるもの。ていねいに歌って、自然との親和感が読者にもしずかに伝わってくる。この歌の場合、身を置くところが名どころの吉野であるために、作者の対象にむかう心も一段と深く、雨という悪条件もかえって風情を加えたおもむきである。

アウシュビッツのテレビ映像見つつふと夫がもらせし捕虜の日のこと　藤岡礼子 広島
誰がための写経か夫は持ち還りし支那の硯に夜毎墨する
つづまりは哀しき過去か戦犯たりし夫は得度し亡き友を訪ふ
生き残る兵の集ひの案内状杖曳く夫がまたとり出だす
憲友会に添ひ来て哀しわが知らぬ過去背負ひつつ老いたる夫の

人生はどんなに平坦にみえるものでも人知れぬドラマを秘めているものだが、これは戦争によって深く心に傷を受けた人を夫に持つ妻の歌。何も語らぬ夫の心の水面下を推し量る妻の思いが、ドラマでも観るような明確さをもって歌われている。夫を傷ましいと見る妻の胸のうちは四首目に最もよく現れている。

栩本澄子 栃木

誰故草ことしも咲かざり咲けばまづ見せむと思ひし友も逝きたり
病みあとの君が案内《あない》に住吉の神苑めぐりき昨日のごとし
郁李《にはうめ》の青実いつしか紅添ひてけふ梅雨のまの空あかるめり
水輪ちさく描きて落ちし病葉の水のまにまに流されてゆく
水越峠のあたりは雨か葛城《かつらぎ》山に群れゐる雲のうごくともなし

思いの深い一連である。どこといって目立つ特色はないが、感情がこもり、句法も緊密で、実力の出た作品である。一首目の、「咲けばまづ」の調子は、弾みがつきすぎた感じで、手調子的になる。その一個所を除いて、疵のない、しっとりとした作品である。

園部洋子 愛知

紫陽花の雨つづくころ織調子の変はる一台をひそかに疎む
織台にいくたび打たれ息絶えし百足もあはれ梅雨じめる夕
西洋の女人をおもふボローニアとふ糸にて織れり風合のよし
「中国製」読みて購はざり押されゆく生業を嘆く友を思へば
雨やみて胡瓜の花のみづみづし冬物を織る機場に見えて

機を織る工場に働く人の歌。その職場での哀歓を、しっかりと詠み据えている。雨がつづくと織の調子が変るとか、胡瓜の花を窓に見ながら冬物を織るとか、そこに働く人にのみ可能な把握である。

三首目には女の夢といったものがあり、結句生き、うまい歌である。

畔付けの掘きままに水張られ代田は濁りもちて夕づく
新緑の村吹きわたる夕風に節句をすぎし矢車まはる
ありなしの風にくるくる竹の葉がひとり遊びの如くにさやぐ
梅の実は光るうぶ毛に水はじき逆らふ如くしばし沈まず
隣り合ふ青田の色の濃淡をひとときはたたせ梅雨晴れにけり

大木千代　福島

春から夏にわたる田園風景である。一首ずつ独立した作であるが、夏にむかう田園風景ということで統べられ、一つの気分をたたえて、成功している。一首目の原作「濁れるままに」は「掘きままに」と語が重複するので、あらためた。

鍬に着く土落しつつ畝作り街畑に夏の大根を蒔く
乾きたる玉葱くくりて吊しをり梅雨の晴れ間の背戸ゆききして
おもむろに潮の差しくる路久志《ろくし》川白鷺一羽夕かげに立つ
鞄掛けし中学生ら橋を帰りをり煙りて梅雨の雨降る昼を
悔多き一世をわれは思ひをり梅雨の雨降る夜半に目覚めて

井上文夫　大分

「悔多き一世」とあるが、歌われている農の日常は平穏そのものと言ってよく、むしろ自足した情感が伝わってくる。平明に歌って、摑むべきところ摑んでいるのは、手だれを思わせる。最後の一首は、どこか前四首と感じを異にしているように思われてならない。

菊池尚子　岩手

留袖ぬぐ衣ずれの音のさみしさや笑顔残して娘は嫁ぎたり
娘と峡に生きし想ひもこの箱にたたみて居間に鳴るオルゴール
嫁ぎたる娘の置きゆきし鋏なり握れば鈴の音深夜に冴ゆる
材料に気を配りつつ念入りに炊事なしゐし娘も嫁ぎたり
嫁ぎたる娘思ほゆ厨にて貝の潮吹く音する夕べ

結婚して家を出てゆく娘によせる淋しさの思いはよく歌われるところであるが、この五首は、その淋しさがよほど消しがたく癒されがたいものとして作者の胸に沈んでいるのを思わせる。その淋しさを物によせて、切なく歌い上げている。

原田邦子　佐賀

耳遠くなりきし夫へ物言ひの簡潔にして淋しき日なり
主人守りて足一本を喪ひし盲導犬が銅像に立つ
盲導犬の勇気賛へし元首相中曽根さんの文を碑に読む
いつきても名古屋の駅は人多し例の壁画の前に子を待つ
さり気なく遺書認めて置かんかと夫の言ふとき最もさびし

言葉を浅くつかうような作風で、深刻ぶることはないが、歌われている内容は人生の機微や翳りに触れて、訴えてくる力をもつ。なかなかうまい一連だと思う。夫を対象とした二首などはとりわけそうである。無駄のない語法に注目したい。

あとがき

早いもので、上田が亡くなって丸十二年、今年は、仏教では十三回忌ということになります。

毎年、三四二忌には、お忙しい皆様方に、遠路お参りいただいておりますのに、今更年回でもないのですが、今回でこうしたきまりのような事は終りにしたいと思いまして、何かけじめになるような物をと考え、纏めることに致しました。

平成十三年春　三四二忌に寄せて

上田露子

検印
省略

平成十三年四月　八　日　第一刷印刷発行
平成十三年四月二十一日　第二刷印刷発行 ©
定価　本体二〇〇〇円（税別）

短歌研究詠草
上田三四二
選後感想集

著　者　上田三四二
（遺　族）　上田露子

発行所　短歌研究社
郵便番号一一二—〇〇一三
東京都文京区音羽一ノ十七ノ十四　音羽YKビル
電話（三九四四）四八二二・四八三三番
振替〇〇一九〇—九—二四三七五番

印刷者　東京研文社
製本者　島田製本

落丁本・乱丁本はお取替えいたします。
ISBN 4-88551-597-4 C0095 ¥2000E